「悦读」

大鱼文库

发现的惊喜 · 阅读的欢愉

DIE LIEBE UNTER ALIENS

外星人之恋

TERÉZIA MORA

〔匈〕特雷西娅·莫拉——著

丁娜——译

译 歌德学院（中国）翻译资助计划

湖南文艺出版社

图书在版编目（CIP）数据

外星人之恋 / (匈) 特雷西娅·莫拉著；丁娜译.
-- 长沙：湖南文艺出版社, 2020.6
（大鱼文库）
ISBN 978-7-5404-6590-2

Ⅰ. ①外… Ⅱ. ①特… ②丁… Ⅲ. ①短篇小说－小说集－匈牙利－现代 Ⅳ. ①I515.45

中国版本图书馆CIP数据核字(2020)第027285号

著作权合同图字：18-2018-108

The translation of this work was financed by the Goethe-Institut China
本书获得歌德学院（中国）全额翻译资助

大鱼文库

外星人之恋
WAIXINGREN ZHI LIAN

作　　者：〔匈〕特雷西娅·莫拉
译　　者：丁　娜
出 版 人：曾赛丰
责任编辑：夏必玄
装帧设计：天行健设计
内文排版：钟灿霞
出版发行：湖南文艺出版社
（长沙市雨花区东二环一段508号 邮编：410014）
印　　刷：长沙鸿和印务有限公司
开　　本：880mm×1230mm 1/32
印　　张：8.5
字　　数：160千字
版　　次：2020年6月第1版
印　　次：2020年6月第1次印刷
书　　号：ISBN 978-7-5404-6590-2
定　　价：42.00元

目　录

鱼游、鸟翔

FISCH SCHWIMMT
VOGEL FLIEGT

那年轻人或许十八岁，年长的那位也根本算不上老，他才五十七岁，可看上去倒像七十五的。一张已经变老的心形娃娃脸：曾经的一双浓眉大眼配着一个尖下巴，法令纹伴着鸦爪状皱纹，后者顺着两侧的面颊延伸，看上去就像持久的涓涓细流（我们不想说是眼泪）在皮肤上冲出的一道沟。轻轻用手在上面抚摸，直到它们被抚平。皱纹从来也无法抚平，但抚摸总是有益的。这位看上去面老的男人似乎得不到任何人（无论男女）的爱抚。他有几位泛泛之交，这些人当面称呼他为“赫尔穆特”，背地里管他叫“那个跑马拉松的”。附近的邻居偶尔与他聚聚，比如在街角的传统小饭馆（这种馆子越来越少）。人们会在那种地方闲聊几句，但不会深谈。只有有人问他什么的时候，这位跑马拉松的才开口作答，并且礼貌而话少。他以前是铁路乘务员，提前退休了，没有人打听提前的原因。他的举止无异于常人，但仍属特立独行一族，虽然这不是官方认可的提前退休理由，可大家都觉得其退休肯定与此有关。他专挑供应肉丸子的日子来吃午饭，从来不在这儿吃别的菜。不来饭馆的时候，他就吃土豆配凝乳或熏肉，饭后甜点是西多士[1]。或许他得节俭，但也可能是好这口。他穿着那身洗得发白的破衣裳，大概比穿所谓的好衣裳觉得更舒服。他看上去并非不幸福，虽然长着一张悲伤小丑的脸，可并不悲伤。穿着短腿裤、戴着一顶灰帽子的他，看上去像是个笑容可掬的小老头，那顶帽子一年四季不离脑袋，除了在三十度高温的天气。在这里少见的三十度酷暑的日子里，他露出满头灰黄相间的头发，因头发茂密，看上去不过像换了顶帽子似的。事发当天，这位跑马拉松的正好戴着帽子，灰头灰帽；手里拿着的购物袋则是金丝雀黄色的，布袋的底部有些脏。尽管他身上的外套有三个兜，其中有一个还是内兜，他却把钱包和钥匙串（四把钥匙：大门、邮箱、家门和地下室钥匙）放进了购物布袋，这两样东西挤在袋子一角。至于他为什么这么做，迄今仍是个谜。总之，他把它们放进了布袋，因为他毫无防人之心。在他住了五十七年之久的街区，走在自己购物时常走的大街上，他感到安全。他甚至轻轻晃动着手中的布袋，也许他还吹着口哨。吹没吹口哨不好确定，街上熙熙攘攘，充斥着交通噪音。倾听或是思索的时候，这位跑马拉松的时不时噘起嘴唇。我在沉思，他说，

① 又称法兰西吐司，一般将面包片裹上蛋汁后用油煎。

甚至说：我在做梦。对不起，你说什么，我走神了/我开小差了。耽误了事，那只好道歉。在他得到“跑马拉松的”这个绰号前，人们管他叫梦想家。谁？那个彬彬有礼的。噢，他呀。

至于那个年轻人，人们只知道他穿什么衣服和他的长相，而且这两点也不十分确定。他抢东西时，并不是像人们所设想的那样从后面下手，而是正面出击，他们甚至还互相对视了片刻：一张脸年轻、光鲜，长着两道浓眉；另一张年老、灰暗，抿着嘴露出微笑。当他们擦肩而过时，年轻人突然猫腰抓起年老者的布袋撒腿就跑。

几秒钟内他明白发生了什么事，又用了数秒保持住平衡并转过身。那年轻人个子不算很高，却身手敏捷，一眨眼工夫已经跑过了两幢公寓楼。年轻人迈着大步，知道自己是个飞毛腿，所以他才选择了这种抢劫策略，可他的耐力也够吗？他最好有耐力，因为他不知道，也不可能知道的是：那位跑马拉松的人的绰号可不是白来的，人们这么称呼他并非出于讽刺，就像管秃子叫卷毛那样。跑马拉松的六岁时就参加了首次马拉松比赛，而且遥遥领先。此后他跑过数千公里，足迹遍布森林、草地、红矿渣路和混凝土路，有一回甚至一口气跑了二十四小时。至于他有一年没有跑完马拉松全程，那还是很多年以前的事了。他参加的比赛全部在欧洲，因为他深感骄傲的是自己从未坐过飞机或轮船，即使是带内燃机的交通工具，他这辈子都很少使用。他偶尔乘火车，因为有时毕竟得出行。由于工作关系，火车对他而言相对经济。然而基本上还是正如艾米尔·扎托贝克[①]所正确概括的，鸟翔、鱼游、人跑。“艾米尔·扎托贝克，噢，是个好听的名字。”他吃午饭的那家饭馆的厨娘说。跑马拉松的听后脸一直红到耳朵根，当然他还有点儿扇风耳。“绰号‘捷克火车头’。”午餐桌边有人接过话茬，他脸色又恢复了正常。只有说到跑步这个话题时，跑马拉松的会不等别人问就主动说上一两句。“周末我在维也纳参加了马拉松比赛。”接着他道出细节：他坐哪趟火车去的，车什么时候在哪儿开的，沿途经过了哪些地方，什么时候到的哪站（还提到火车站的建筑特色），从车站如何以及去的什么住宿地点，旅店条件怎么样（俭朴、离火车站近，但得早下手，一年前就得预订）；他在那儿吃的什么晚餐和早餐，几点钟起的床，如何进行准备，怎么拿到参赛号码的，事先交了多少报名费，除了参赛号码，每位选手交了报名费后还能领到什么，今年领到的袋子跟去年的有什么不同（有两根绳子的背囊，或是没有拉锁的布袋等等）。然后他开始讲述十、十五、二十五、三十、三十五、四十公里都是怎么跑过来的，还有最后的终点：全

① 艾米尔·扎托贝克（Emil Zátopek，1922—2000）：捷克斯洛伐克著名长跑运动员，在1952年赫尔辛基奥运会5000米、10000米及马拉松项目上接连夺冠，赢得三枚金牌。

程 42.195 公里，跑完的感受，沿途是否有免费提供的香蕉、广柑和能量饮料，以及有没有足够的厕所，不一而足。他滔滔不绝，没人能打断他，有的人站起来走了，但总得有几个留下来替人背锅的。对有起码修养的人来说，若是有人讲起跑马拉松的事，站起来就走毕竟有失风范，哪怕认为这哥们儿在吹牛。“做白日梦了吧，老家伙。”但后来人们还是相信他了，因为有人让他下次再跑时带点儿纪念品回来，结果他真带回来一个运动背囊、一件雨披、一张市区图和一台袖珍收音机，他把这些东西分送给大家。

那年轻人自然无法知晓这一切，他只相信自己的本事，头一二百米他跑得飞快，而且很莽撞。他在十字路口稍等片刻，就在绿灯将亮之前一个箭步冲向大马路的对面，当他跳过分隔开机动车与自行车和人行道[①]的玫瑰灌木花丛时，脖子后面甚至都能感觉到一辆擦身而过的汽车掀起的气流。他运气不错，自行车道上正好没有人疾驰而过，他借着惯性从花丛直接跳到人行道上。根据以往的经验，他认为自己现在已经安全了，从而放慢了脚步，最后甚至站住了。他往四下瞧了瞧，但还没等他拿定主意接下来往哪儿走，只见离他不到十米远的地方，那位上了岁数的人也跳过了玫瑰灌木丛。这位也停了片刻，他那双蓝色的大眼睛发现了目标——拿着黄颜色购物袋的年轻人，然

① 德国的自行车道位于人行道靠近马路的地方，单独划出。

后两人又重新奔跑起来。

他们与汽车平行跑在四米宽的人行道上，然而由于街道边的餐馆和店铺摆出不少东西，人行道只剩下窄窄一条，到处可见的椅子、广告牌、冰激凌价目表、草莓、自行车支架和花盆每天都在几厘米几厘米地蚕食着人行道，直到人们无法通过，有十个以上的人提出了抗议，或是市政部门来人勒令清道。比如花店前已无法并排走过两个人，其中一个得使用自行车道，就连自行车道上也没有人遵守单行线规则，大家都像疯了一样狂奔，因为他们好不容易找到一条下坡路，而且柏油路路况还不错。一老一少现在往上坡方向狂奔。刚过花店就碰上了一个管制侧街的红绿灯，这回那年轻人运气不好：红灯，而且一直不变。他迎着红灯跑过去，红灯仍旧未变，另一方向的车流不断，最后他拐进了左侧的小街。

这并未令他的状况有根本好转。小街比大街直，街面急剧变陡，而且人更少，容易看到他。他身后上了岁数的男子离他仍有两幢楼的距离。年轻人又加了把劲，现在他大概比刚才又领先两步。两个人在上坡的小街上较劲赛跑。

把袋子扔了！跑马拉松的想对年轻人喊。这对两个人都会是最佳结果，可跑马拉松的喊不出来，他张开嘴，却喊不出声，那年轻人自己又想不到这个主意。他紧紧攥着袋子，右手中晃动的袋子直接妨碍着他奔跑的速度。他在下一个路口向右拐了弯，瞬间跑马拉松的不知他哪儿去了，片刻后他又发现了那小子，这主儿正准备在一个小路口往左拐入一条小街。这条街也是上坡，却不再僻静。一家彩票店前支着一张独脚高桌，摆放着一个广告支架，还有一个条幅；一家餐馆前摆好了桌椅，虽然还没有到上座的时间；一位推着儿童车的妇女刚好从这条窄路上走来。年轻人在躲向车行道之前还回头张望了一下，跑马拉松的从他的面部表情看出，他并非想看看有没有车驶过，而是想确认一下，后面追着他跑的不可思议的家伙是不是消失了。他们的脚步在碎石路和人行道上留下了不同的声响。年轻人穿着运动鞋，但不是专业跑鞋，用不了多久他的脚后跟就得火辣辣地疼；而跑马拉松的平常也习惯足蹬旧的、功能完好的跑鞋，今天这双是灰色的，上面有霓虹黄条，鞋底为橙色。但他的外套不适合奔跑，太大、太沉，一般人穿这种外套跑动时钥匙会在兜里乱响。可跑马拉松的兜里没有钥匙，他身上的东西现在全在那年轻人手里。他拿着我的钱包和我的钥匙在狂奔，手机大概是他自己的。要是手机掉出来，他会停下来捡吗？

没有任何东西掉出来，他们继续奔跑，从车行道又跑回人行道，再跑进一条小街，又跑上一条大街。这里又是车来人往，红绿灯，甚至有一条有轨电车道。为了甩掉那位上了岁数的人，这年轻人得冒点儿险挤进人群。街角有个建筑工地，这不错，噢，不对，十分糟糕。年轻人跑入脚手架搭成的通道，还没等他从另一头跑出来，跑马拉松的也跑进了通道，他铿锵的脚步让整个通道震动起来，二人在颤抖的木通道中奔跑。左边房子里突然冒出来一辆小推车，年轻人在最后一刻躲过小车，推车的建筑工人吓了一跳，骂了句脏话，跑马拉松的喊了一声“对不起！”。

他们跑到街道尽头，那儿是一个隧道，隧道的另一边已是城市的另一个区。跑马拉松的这才意识到，除了参加国际马拉松的比赛以外，自己根本没离开过所住的街区，从未去过其他街区。每天早上他睁开眼，喝一瓶水，顺着小山坡跑到公园，那里有一段台阶，有人在台阶上涂了一句话：**“你唯一唯一真正能控制控制的，就是你是否放弃或放弃，还是继续不断坚持坚持。**”他喜欢端详这段台阶（这话没错，是句实话）。他不再往山坡上跑，而是在山坡下绕着跑，路程有一公里。他跑在土质松软的地方，半路上有一片灌木丛，穿过灌木丛的两条小道在下雨天都会形成一个大水坑，走哪条路都躲不过去。跑马拉松的最喜欢的数字是八，他常跑八圈，七圈也还行，这是个有魔力的数字，要是他只跑了五圈，则意味着他病了。有一次他病得只剩下一半自我——只跑了四圈。他甚至想，剩下的路最好不要跑了，还是走回去吧。但走着不光没见好，相反，他觉得自己要死了，死在这光秃秃的树冠下，于是他又跑了起来，跑着跑着就觉得不那么晕了（只是感染了病毒）。每天剩下的时间他会干什么？也没干什么。他整理房间、买东西、做饭和阅读。他有一个图书馆的借书证，却不常去那里。相反，他会带回人们摆放在大门口免费赠送的书籍。他不喜欢看消遣和侦探类小说，而是偏爱非小说类书籍、传记和历史书。比如罗曼·罗兰那些发黄的、一碰就要碎掉的作品集，或是50年代的青春小说，《棚户区俩青年》什么的。剩下的时间里，他就做白日梦，端详树木与房屋，有漂亮的，有丑陋的。他跑马拉松时也会这么做：他不在乎输赢，成绩也无所谓，能到处看看就挺好。漂亮的房屋，丑陋的房屋，如果只有丑陋的房屋我就感觉不舒服，漂亮的房屋会令我舒服。总之，我是个正常人，我有证据证明自己是个正常人，老妈你该知足了。其实他的母亲已经离世多年了，他无法与她对话了。倘若她还活着，他告诉她这些时，她会充满怀疑地凝视着他，好像她完全有理由这么做。"你要这么说的话，就不用奇怪了。"由于她基本上对所有的事都会来上这么一句评论，对此他已习以为常。无所谓，一切都过去了。现如今跑马拉松的确实不再对什么感到奇怪，除了这年轻人让他猜不透，或者还有这次抢劫，尤其是他在光天化日之下的热闹大街上被抢了。但他不问：为什么偏偏是我，我看上去像个流浪汉。最容易遭抢劫的是妇女、老人和儿童。

一个还没熄灭的烟头滚到他面前的人行道上。他踩了一下，没踩着，觉得挺遗憾。一边追人一边踩灭一个烟头，这得多能耐啊！小时候他光脚踩过烟头，对它烫脚感到惊奇。母亲不让他上体校，奇怪的是，当时他就知道母亲那么做是对的。哎哟，他差点儿把那年轻人跟丢了，刚好看见他在拐弯。人不能走神，这是在赛跑，赢才是硬道理。跑马拉松的紧追其后，穿过一位老妇人走过后留在空气中的香水云雾，他又来到一条热闹的大街。这儿我认识：这是柏林墙倒后我下车来到的第一个广场，有人送了我一个芝麻小面包和一个广柑。现在别胡思乱想，追他。

这里遍布着商店、超市以及小吃店，街上人头攒动。人们开始注意到这两位赛跑者，很多人吓了一跳，有一个气愤地喊道："嘿！"一个小伙子故意跳过来挡住跑马拉松的。他还来得及躲闪，因而没撞上，但不由得尖叫了一声，那小伙子和他的伙伴们起哄狂叫。最后他被路边的红绿灯拦住了。那年轻人跑了过去，跑马拉松的被截住了。汽车已开始疾驰，他必须停下。他的视线越过汽车望向红绿灯后面的广场，那儿是一个汽车站，还有地铁入口、休闲长椅、女人、男人和孩子。那年轻人仍在马不停蹄地跑着。

绿灯亮起的时候，那年轻人早就跑没了影。尽管如此，跑马拉松的仍旧立即开跑，跑向广场，继续沿着一条街跑起来。他希望自己个子高一些，那就能越过行人的脑袋发现目标，可人没法一边跑一边变高。从他这儿望过去，年轻人身后的城市似乎关闭起来了，就像森林中一只逃跑的野兽身后的树枝（不必用“丛林”这个词）起着隔离作用一样。然而跑马拉松的仍旧一如既往地跑着。我还浑身是劲，还不止如此，我刚刚热了身，我可以提速，我的鞋很给力，外套沉了点儿，无所谓。他不能走，他必须跑，虽说现在还看不见目标。跑马拉松的并无异禀，却有韧劲，或是说他就是无法认输。不久前一位他在赛跑中认识的人给他写信，说自己在一次夜跑中跑了三十五公里后放弃了。跑马拉松的还从未放弃过任何一次赛跑（除了他只跑了四圈那天）。年轻人打乱了他的日程，跑马拉松的无法再去购物，然后回家，这才是他无法接受的。那年轻人其实无所谓，他想战胜的不是他，也不想证明自己，别看我显老，但是如何如何，之类的事。不是惩罚，也非报复。他想要回自己的东西，因为他需要它们才能保持日常的生活节奏。

他边跑边不断往地上、大门入口、墙角和垃圾桶张望，看那年轻人是否把那金丝雀黄色的布袋扔到哪儿了。有时他想起该与大门入口保持距离，那年轻人没准会从那儿突然蹿出来。什么也没有，到处不见人影。有一处大门是开着的，可以看到第三进院子，最里面在搭建什么。跑马拉松的跑啊跑啊，最后他感到已经不在自己的城市了，不经意间他已然跑到另一座城市了。一切都是陌生的，就像海市蜃楼，犹如突然会在梦中见到一座住着陌生人的新城市，尽管在清醒时刻，这些人多数也是陌生的。当他最终不知自己身在何处时，跑马拉松的准备停下来。他不再追寻那年轻人或是自己的购物袋，而是找个有市区图的汽车站。

根据市区图，他跑了大概有十公里。我们用了多长时间？他的手表还在，而且现在教堂的钟声响起来了，也就是说中午了，可跑马拉松的根本没来得及买中午吃的东西。现在他感到口渴，兜里没钱，口干舌燥，背井离乡。他又一次忆起自己的布袋、钱包，还有那个抢了他的年轻人，但一切都已成往事。他终于放弃了。不能再跑了，找回去的路吧。

除了在小餐馆聚餐的邻居和长跑时结识的人以外，跑马拉松的也还有别的熟人，比如一个叫克劳斯的。他信任此人，甚至在他那儿放了一把备用钥匙。这位克劳斯是他的小学同学，一年级进校排队时，他们就偶然地被排到了一起。克劳斯离婚后住在离跑马拉松的差不多一公里远的地方，迄今他一直生活在那里。离此地大约九公里，可以选另一条回去的路，这样可以穿过一个大公园。

想到能跑过一个公园，跑马拉松的又浑身是劲了。他甚至几乎忘了自己是怎么来到这儿，为什么跑了这么远了。这么做也许是疯了，可我就是这么个人，现在要全神贯注于跑步，找到公园。他最后一次来到一个公园而没有跑步是什么时候？也许从未出现过这种情况。

他刚踏上归程，太阳就出来了，一切都不再是灰暗一片。一个阳光明媚的春日：树木、天空、窗玻璃、振翅而起的麻雀。后来在公园又看到土地、草坪中矮小植物的叶子形状，我只认识其中的繁缕[①]。蒲公英、节节草，如果是节节草的话，也许并不是。雏菊。得自律，不能这么得过且过，说真的，不能这么貌似惬意地在这儿一溜小跑，跑过阳光明媚的日子，悠然自得。钱包里只有两张二十元的票子（每周购物的预算只有这么多），可钱包里还有身份证，另外还有钥匙，这可不是闹着玩的，绝对不是。

他快要跑出公园，正开始对此感到遗憾，这时他突然看到了他——那个年轻人，后者和一群年轻男子在一起。跑马拉松的腿突然一软，他绊了一下，膝盖、脚踝，现在甚至连脚后跟都疼了起来，鞋子还是不够好。路边有把长椅，他一瘸一拐地走过去扶住椅背。

他装作想抻抻筋的样子，这反正很有必要，也能阻止颤抖，但颤抖不是由跑步引起的。扶稳了，他并没真抻筋，后来他甚至不再装模作样，而是仅仅站在那里。坐下去太凉了，跑

① 一种常见的田间杂草，别名包括鹅肠菜、鹅耳伸筋等。

马拉松的也坐不下去。既不能坐，也不能走，更不能跑，他只能站在那儿。他不敢走得更近，但也不愿离得更远，只是不能让那年轻人须臾离开自己的视线。

他们在那儿干吗呢？他们在玩地掷球[①]。跑马拉松的数了数，他们一共六个人，三人一组对抗赛。周一下午的露天比赛，十三局。也就是说，从跑马拉松的开始计算起打了十三局。他们没完没了地玩地掷球，边玩边喝啤酒，一再从一个售货亭买啤酒和薯片。他们说说笑笑。跑马拉松的渴得四处张望，看看附近有没有小水坑。没有。那又怎样，人不会这么快渴死。

不知何时，年轻男子们注意到了跑马拉松的：有个人很长时间站在那儿一动不动。那年轻人也看了看他，后来转过脸去就再也没瞧他，一眼都没瞧。跑马拉松的觉得头很晕。他们继续玩，不停地喝啤酒。天阴了下来，自然也凉快了，突然间天就黑了，因为已经晚上了。不知何时，那些人已经看不清地上的球在什么地方了，其中一人在一片叫好声中把他的轻便摩托开了过来，好打开车灯照亮。有人赢了，众人喝彩，接着他们便四散回家了。

跑马拉松的浑身发僵，僵得像棵树，黑暗公园里的一根树桩。他赶紧活动活动，跟在他们身后。我还从未这么跟踪过

① 双方运动员在规定的场地上用手投掷球进行对抗的运动项目。

人，既没在公园里，也没在别处尾随过人。

那年轻人会自己走，还是跟别人一起走?

自己走。

他喝了不少酒，乐呵呵、慢悠悠地走向一辆自行车，那辆车没有上锁，靠在一根电线杆上，他一抬腿上了车。

浑身发冷的跑马拉松的只得又跑了起来。跑不过自行车的。然而那年轻人并不着急，他的车不是什么好车，他骑车的技术也算不上高明。他摇摇晃晃地往前骑，喝高了是件好事，似乎因此并未发现跑马拉松的在跟踪自己，其实后者的脚步声和喘气声还是能够听到的……可不，现在他回身张望了一下，皱了皱两道浓眉，骑得快了一些，也不那么摇晃了。

跑马拉松的已经热了身，能够不费力地提速了。这时——老实说是自打这场追逐开始以来第一次——他想，追上后又能如何呢？如果直接动手的话，他显然打不过那年轻人。“我真没想到，你宁愿让人打死，也不愿丢东西。”跑马拉松的死去的母亲在他的脑海里与他对话。他不理她。现在我可以这么做。应该有个指节套环①，不过跑马拉松的当然没有，他甚至根本不知道在什么地方能买到这种东西，特别是现在，身无分文，想这个有什么用？那年轻人倒是更可能有这种东西，或是一把刀。可如果是这样的话，那他干吗一整天都在夺路而逃？

① 一种套在手指上的攻击性武器。

跑马拉松的感到这种不断增长的迷惘迅速令他浑身无力，将直接导致精神与肉体的全面瘫痪，但就在这种局面出现之前，那年轻人在一扇门前费劲地下了车，掏出一把钥匙哆哆嗦嗦地在开门。看到这一幕，跑马拉松的没有停步，而是继续向他走去，他这么做顺理成章，他们二人就像互相吸引的两块磁铁。跑马拉松的先是慢慢向前，然后加快了步伐，在还有一步之遥时，他猛扑过去，从后面用胳膊肘卡住对方的脖子。

“**你**从后面用胳膊肘卡住**他**的脖子？”

“是。”跑马拉松的（后来对克劳斯）说，“**或者**说，我原本想这么做，但那自行车倒了，车蹬子或是别的什么东西碰到他的脚踝，他疼得叫了起来，后来我们俩都倒在地上，他在底下，我在上面，用一只膝盖抵住他。”

一切都是偶然发生的，一不做、二不休，跑马拉松的索性把另一只膝盖也压了上去，包括两只手。他实际上整个趴在了那年轻人身上，把他紧紧按在地上。他使劲扼住年轻人的喉咙，后者根本不知道发生了什么事，也没进行什么抵抗，只是费劲地问：“该死，你想干什么？”

我说：“我的钱，把钱还给我！”

他问：“嘿，什么意思？”

我又说，他该把钱还给我。

他问：“什么钱？”

我说：“你偷我的钱。”

他说他没偷。“我没偷，诬赖！”

我问他把布袋扔哪儿了。

他问：“什么布袋？你干吗纠缠我，你是不是疯了？嘿，你到底想干吗？等等。”

他一直管我叫嘿，这令我十分愤怒。我说：“你从我手中抢走的！在宾兹街！然后我们一直跑到洛伦兹广场！”

他说，该死，今天他根本没去过洛伦兹广场，那条鬼知道叫什么的街他更是从来没去过，他喘不过气来了。

跑马拉松的确实愤怒得每说一句话都更使劲地掐住那年轻人的脖子，后者试图反抗，但让人掐着脖子时很难反抗，被掐着尤其很痛，年轻人呻吟道：“在我裤兜里！”他的意思是让跑马拉松的拿走他裤兜里的钱。

跑马拉松的一想到得去翻一位陌生人（或是熟人）的裤兜就直犯恶心，这时他首次起了疑心。他盯着年轻人的脸看，这脸看上去与他追了一整天的那位年轻人的脸一模一样，他也穿着牛仔裤和一件红运动衫，眼前这位的运动衫颜色是西红柿红，另一位的是砖红色连帽外套。脸可完全一样，我没异想天开，他们是双胞胎吧。跑马拉松的想，也许他们真是双胞胎。他彻底绝望地冲身下这主儿喊道：

“你叫什么？”

“阿拉斯。”年轻人答道。

“你兄弟呢？”

“巴图安。”年轻人说，然后他脸上的表情表明他现在知道是怎么回事了。

（“啧！”克劳斯说。）

“该死。”跑马拉松的说，他一般说话从不带脏字，他松开了掐着年轻人脖子的手。现在后者可以把他推开并进行残酷的报复，但他却躺在又硬又脏的地上问道：“多少……？”

“四十欧。”跑马拉松的实话实说，并从年轻人身上滑了下去。他垂着头坐在年轻人身边的人行道上，无力动弹。后者只要愿意，现在就可以打破他的脑袋。但年轻人也费了半天劲才坐了起来，现在他们俩坐在门前的人行道上，身边是那辆倒在地上的自行车。“我们看上去像两个喝多了的酒友。”年轻人慢慢活动了一下胳膊，犹豫着从裤兜里掏出一张二十欧元的票子，然后又从屁股兜里摸出一张五欧元的。

“啧，”克劳斯说，“你干了什么？”

什么也没干。跑马拉松的只是低头坐在那里，像是一个认识到自己错误的小学生。年轻人把两张钞票扔进他怀里，慢慢站起来，脚步不稳地扶起那辆自行车。开门时他一直盯着跑马拉松的，一直不敢背对后者，他是用屁股把门推开的。跑马拉松的只是坐在那里，大腿上放着那二十五欧元。

后来他也站了起来，往四下看了看。街上空无一人，有一半人家亮着灯。跑马拉松的颤抖起来，一来是之前的攻击造成的紧张，二来是现在才出现的恐惧。这片他不熟悉的黑暗地带令他产生了巨大的恐惧。他没有把钱放进外套兜里，而是放进裤兜，走了起来，先是晃晃悠悠，但不知何时又小跑起来，最后开始撒丫子狂奔。过了好一阵，他才敢辨认方向，又过了好长时间他才到了克劳斯家。最后一段路最艰难。克劳斯住的那条街附近最近成了人们夜晚喜欢光顾的地方，到处是酒馆、酒吧、夜总会，人行道上到处是打扮得漂漂亮亮的年轻人，男的着休闲西服，女的穿超短裙。此外还有开门到午夜的超市。跑步是不可能了，跑马拉松的只得步行，也就是说，步履蹒跚地往前走，突然间他只能这么走了。他猛然想起尚未完成的购物：我跑了一整天，没吃一口东西，也没喝一口水。

“霍普斯！”克劳斯说。自从上一次同学（四十周年）聚会以来，这个名字又有了现实意义。“你来了？这个点？”

“给我来点儿喝的？”

克劳斯和霍普斯都是一路人，克劳斯家也没有什么好吃好喝的。跑马拉松的喝了两大杯自来水管子里的温水。

“现在说说吧，”克劳斯道，“发生了什么事？”

“你还有什么能吃的吗？”

有点已经发干了的褐色面包和买来的现成香草夸克乳酪。

没一样好吃，但跑马拉松的还是吃了。最后克劳斯甚至给他弄了一道类似餐后甜点的东西：果料酸奶，还有脆脆的配料[①]。这味道相当不错。

“警察局？你打电话给警察局报案了吗？”当跑马拉松的认真地刮着酸奶盒时，克劳斯问。

“警察局？没有。”

没有手机，没有钱，但真相是，他根本没想到该报案。现在，他拿了那人二十五欧元后……

“啧。”克劳斯第三次说出这个字并摇了摇头。

身份证我得再申请，还有照片等等。幸好银行卡不用挂失，它们都在家里放着呢，跟护照放在一起，跑马拉松时有时会需要护照。

“他有你的身份证和钥匙？”克劳斯问。

“是的，钥匙也得再配。”

“你知道不，”克劳斯说，“他如果有你的身份证就知道你住在哪儿，他手里还有你的钥匙？”

天啊，跑马拉松的迄今没有想到这一点。现在他突然觉得强烈烧心，以致说不出话来。他向前弯下腰，然后从厨房的座椅上滑下来，跪在厨房地上。胸口一阵剧烈刺痛、发紧，他发

① 在酸奶旁专门辟出小盒或盖上另加一层，配有果仁、麦片、巧克力或烘培过的洋葱来提味。

出一声沉沉的呻吟，几乎听不见克劳斯在说什么。

“霍普斯！”克劳斯说，“霍普斯？你听得见我说话吗？你听得见吗？”

外星人之恋

DIE LIEBE UNTER ALIENS

他们俩只有一张单人床，硬得硌人，他们短暂而坎坷的人生中还从未睡过如此硬的床铺。薄薄的床垫下不是床屉，而是不知什么人摆的一排旧木板。她建议说，还不如把床垫直接放在地板上，就像在家那样。于是房间就满满当当了。凉风在床下和床上穿过，床上方是扇窗，他们此前打开窗户是为了散去烟尘。就像茫茫宇宙一般冰冷，他想，烟尘并未散去，而是沿着地板逡巡，沿着过于宽大的门缝，随着光线和空气渗透到门外，很快整个房子的人都会觉察，这儿有人在吞云吐雾吸大麻。但没人拗得过她，她兴奋不已，非得做点什么不可。和前一天傍晚还在家的时候一模一样，她蹦起来，在住宅中跑来跑去：厨房、卧室；厨房、卧室。她做了香草布丁，布丁凝结出小块，她加倍紧张起来，因为她这辈子还从未做成过一次没有硬块的布丁。她在他面前羞愧不已，因为他在学做厨师。他二十岁，名叫蒂姆；她十八岁，让别人叫自己桑迪。半年前，他俩在一家机构[①]相识，他们分别在那里度过了三个星期。从此以后他俩再也没分开过，她住进了他那摇摇欲坠的单间。他赚一份学徒工资，而她则一无所有。

“干我，”蒂姆说，“或者给我弄点吃的来。”

她笑了许久。

“这是你的金句。”

干我，或者给我弄点吃的来。干我，或者给我弄点吃的来。

随后，光线变得太过刺眼和生硬。蒂姆期待色彩，美丽的色彩，正如当初童年梦境中一般的绚烂缤纷。但一切都是冰冷和苍白的，米色与棕色。带着灼痕的桌台，空茶壶下即将熄灭的茶蜡[②]烛光，面包屑，灰烬。

桑迪：“天哪天哪天哪。”

蒂姆：“怎么了怎么了怎么了？”

“我没办法正视你了。你是个外星人。”

“什么什么什么？”

“你是个外星人。”

“去你的，”蒂姆说，“妈的！现在我也没法正视你。现在你也成了个外星人。”

---

① 戒毒所。

② 即酒吧用的铝罐浇筑蜡，又称咖啡蜡，其体积小，燃烧时间长。

“天呀，我的老天！”

他俩尝试着端详彼此，却做不到。他们很快扭开了头，他紧盯着自己的肩膀，她遮住了眼睛。她扑哧一笑，但其实是害怕的。因为恐惧而发出笑声和叫声。他俩坐在小小厨房的小小桌旁。白色的桌子，灰色的灼痕。茶蜡，蜡烛，这是桑迪的最爱。她有时白天独自坐在这里，点亮一支茶蜡，看着火焰。以蜡为游戏，蜡烛是更为合适的工具，廉价的、滴烛泪的蜡烛。接住烛泪，可以印指纹和搓小球。蒂姆长时间凝视着桌面上的圆形棕色斑点，里面有三个较深的棕色圆点。想象一下，这是一个星系，看着它，不要看她。在他的视野边缘，显然从椅子上滑到地面的桑迪，正不知往何处挪动着。

“你正在做什么？你正在做什么？”

“我爬去客厅。在那儿看不见你。我若是看不见你，你就不是外星人。”

“好的、好的，这挺不错。爬去客厅吧，我待在这儿。”

“我的天哪，一个外星人。一个外星来客在客厅呐。”

他们过了一会儿才恢复正常，又可以并肩躺在床垫上。蒂姆勃起了，但现在最好不要轻举妄动。她背对着他蜷成一团，他也翻身背对着她，蜷起腿，这才是最安全的。

当然，他们睡过头了。手机铃声吵醒了他们。电话那头是艾娃，蒂姆的老板，一名女厨师，他在她那儿做学徒。“是那头波兰单峰骆驼。”其实她身高正常，胖瘦匀称，只比桑迪高一头，身材差不多宽一倍，金色的头发如同麦田。蒂姆很清楚，艾娃是个美丽的女人，是高个儿金发女郎，许多各个年龄段的男人都围着她转；同时，她也是一位主厨。桑迪之所以这么称呼她，是因为她不喜欢艾娃。同样，艾娃也不喜欢桑迪，在与自家老公谈到她时称其为“蒂姆的小妞”或“小婊子”，当着蒂姆的面称她（语气很重要）“你女朋友”，而如果两人直接交谈（几乎从未发生过），叫起她名字时听上去就像德语“沙子”一词（Sand）的发音的延长——“瓒迪”（Sandie）。

桑迪整日无所事事，除了等待蒂姆，买来（或偷来）一点食物，四处溜达，看看别人是否有不需要的白送的物品。这样的东西挺多。住所里的所有物品都是他们捡来或者别人送给他们的。床垫是邻居大学生离开这座城市之前给的，他还给了一些餐具。别的都是——如前所述——街上捡的。旧杯子、盐罐、花瓶，杂七杂八。他们有没有往花瓶里插过花？答案是肯定的。桑迪采过花，有些是野花，有些不是，是长在公共绿地（和墓地上）的郁金香和玫瑰，有时候她也从花店门口顺手牵羊。所有桑迪不知名的植物都被她称作“毛茛”。人们从来不提供食物给别人自取，可为什么不呢？你敢吃街头捡来的食物吗？为什么不呢？桑迪如是说。她还收集可回收的瓶子，倒也没有从垃圾桶里翻捡，可如果有个空瓶子在窗台或者哪儿搁着，她就会捡走。得到艾娃允许的情况下，蒂姆可以从后厨里拿些剩下的食物。这并不是理所当然的事情，不问自取谓之窃，每天都得重新征求同意。艾娃经常给他一些东西，但至于何时、何物、数量多少，都由她来定。她知道，她清楚地知道，他需要带两人份的东西。她本可以更大方、更优雅地处理此事，而不必如此严苛，但她保持着严格的态度，因为“这个男孩需要清晰的约束”，而瓒迪需要什么，这不关她的事，瓒迪可不是她的学徒。不过当她见到这两人在一起时，又总是难免心软：男孩又高又瘦，脸型如此瘦长，以致后牙槽没有活动空间，不得不用前牙咀嚼；女孩个头娇小，脸蛋圆得像一块闪亮的圆乳酪蛋糕。两人都头发蓬乱，眼神飘忽，皮肤带着青春期少年特有的油乎乎的光泽。二人如此迥异却又如此相似，天生一对，无论别人对此满意与否。但艾娃每次又都在某个时刻（像小葱拌豆腐一样）清楚地意识到，这两人的结合未必是件好事，对其二人皆是如此，对蒂姆尤甚。她觉得自己对蒂姆负有责任，虽不像母亲似的操心，但又不止于平常的女上司那般。但当蒂姆和艾娃坐在桌边吃饭，女孩也坐过来，跟蒂姆打招呼却不理艾娃时，你又能怎么办呢？她张开嘴只让蒂姆喂她，而蒂姆也就只给她喂食，像喂一只贪吃的雏鸟，这让艾娃在自家的餐厅感到不自在。艾娃起身去后厨，取来一份食物

（一言不发）放在桑迪面前，这个小娼妇就一副受到侮辱的模样——“谢谢，我不需要”——并冲出餐厅。从此她再也不进门了，而只在门口候着，有时候在蒂姆下班前十五分钟就等在那里了。他急匆匆赶去她那儿。一个学徒，一分钟都不肯多待，就因为女朋友在等他。我不是对她有意见，而是替他着想：这可不会给人留下什么好印象。

蒂姆爱着桑迪，也喜欢艾娃。这么说吧，他对她的喜欢胜过对一位女上司的感情，更接近对一位姨母的感情。如果艾娃和桑迪彼此不仇视的话，他会更高兴。他无法想象没有桑迪的生活，而离开艾娃他就没办法完成学徒培训。他也不想换一种培训岗位，可事情就是如此，一切他还不明白、还做不到的事情，一切新变化都使他恐慌。声音稍大一点，他就吓得缩成一团，最轻微的批评和指正都会像刀尖一样戳中他。他颤抖着搅拌面条时，不是会煮成团，就是会烧糊；如果赶上他正在切面条，要么就是面片太宽，要么就切到了手指。

他也并不总是这样，不是什么笨孩子，也不是倒霉鬼。一切都是从他母亲去世以后开始的。他虽明白，却接受不了这个事实。尽管病重已久，她的逝去对他仍是个意外打击。他此前并没有意识到，自己不知道没有她的生活该如何继续。当然，他挺着，他非常勇敢地挺着，他不想让菜刀切到手指，也不想全身战栗，拿不稳手里的东西，但每逢这种事发生，他至少想坚持站稳，尽量坚持住，就仿佛这是一场战役，站到最后的人就是赢家。有那么一两次，他抖得实在太厉害，艾娃不得不从他手里把刀具收走。她把他的刀拿开，没有抚摸他的手，但站得如此贴近，以至于他俩的胳膊碰到了一起。她温暖的、如同一个小小的结实枕头的上臂，他颤抖的、瘦骨嶙峋的胳膊肘。如果他向侧面挪一小步，就不会有肢体接触了，然而他没有挪动。开始的时候，艾娃的丈夫，也就是店老板，当面叫他“年轻的战栗小白杨先生”——嘘，艾娃制止他。如今过了一年，蒂姆已经进步很多了，办婚宴酒席时可以带上他，他已经可以胜任此事，能学到些东西，还能赚点外快。

不过，当然了，如果**她**在附近的话（而她何时又能不在附近呢），一切就都会变得毫无必要的复杂。他完全无法拒绝她，而这很容易让他陷入窘境。该来的时候不来，约好了到店里又失约，因为他们先是大半宿不睡，然后又睡过了头。艾娃得打电话叫醒他，还得去接他。她其实不愿意接他，但没他又不行啊。不对，怎么会不行呢，他可算不上不可或缺。不过有些人可以选择放弃，有些人做不到，艾娃就属于后者。放弃原有计划是行不通的，但临时修正计划是可行的。于是，她骂骂咧咧地开车去接他。

那么，他至少也得在屋前的人行道上等着，省得她还得找停车位吧？没错。不过他并非一个人站在那里，他的小妞也站在他身边。像两个睡过了头的学生仔，背着书包在等公交车。

“这是要干吗？”

“桑迪也想一起来。”

“她不能来。这是工作，厨房，卫生重地。那儿没有她的事。”

“她不是想进厨房，也不想到餐厅。她就想搭一段车。”

“没门儿，我们没那个闲工夫。再说这算什么事？我又不是开出租车的！让她自己坐公交去。”

那小妞的反应呢？用从未、从未有过的掺了蜜一样甜甜的声音，坚持说自己只是想去趟海边。没错，他们驾车的方向确实是朝海边去的，就算是半路转弯，也还是有半截路的便车。她就是想去海边。

艾娃已经快要被逼疯了——你要去那该死的海边关我什么事，你们这些小崽子凭什么非要把自己幼稚的心愿当成个正当**理由**呢？谁又规定了**我**就非得满足你的心愿？满脑子只有我我我，**我**怎么就非得为了你折腾呢？然而她看到，那个年轻人，战栗小白杨先生，蒂姆，这次没有战栗。他开始有点儿发抖，但老板一骂他，他现在反而平静地站在那里了。“带她一程也无妨。只是顺手帮个忙。”

“我没时间帮忙！”

“嘘！”楼上有人隔着窗户叫他们安静。

艾娃用十指轮流敲打自己的脑袋，这简直不可理喻。

最后呢？当然是桑迪搭上了顺风车。两人坐在后座上牵着小手。整个路程得有一小时十五分钟，他俩全程都是十指相扣。他俩就这么坐在后座上，艾娃从后视镜里能够看得到。然而她没有要他俩挪动或者低头。她希望盯着他们，指望最终能冒出个由头，让她有可能赶那个小妞，或者有必要的话，赶他们两个人下车。但他们什么也没做。小女孩把头靠在蒂姆的肩膀上，从镜子里消失了，只还能看见几根硬发梢。当然，艾娃也温和了下来。后座上两个相爱的年轻人，一个人想要去海边，并在那里等待另一个人回来，这多感人。拆散他俩不太对，但让这姑娘进厨房，或者靠近婚宴现场，这也不可能。于是他们沉默地坐在车里。艾娃甚至不敢打开收音机（小孩们会怎么看待我对音乐的品位）。

他们默默驱车向前，直到离分岔路口只有五公里的地方，艾娃开口道："还剩五公里。"

蒂姆通过后视镜看着艾娃。他也一直在思考，却未能想出一个好的解决方案。然后桑迪抬起头，额头和眼睛再次出现在后视镜里。用带着微笑的眼神和声音，她告诉蒂姆自己一找到借宿处就给他发短信。她并没有特别针对哪个人，轻轻地说了声再见，并久久地站在路边挥手，而蒂姆一直盯着后车窗挥手，直到他们彼此消失在视线中。

想当年，我也曾这样挥手作别，艾娃想。**他**却从不这样，我直到很久以后才在乎这点，后来我对此也觉得无所谓了。人与人是不同的。

工作进展顺利，蒂姆安静而专注，没有连续盯着手机看有无短信，至少就艾娃所观察到的，一次都没看手机（但她当然也没有全天都盯着他）。而在艾娃为女服务员们准备好夜宵并清理掉残羹剩饭后，对他说“我走啦”时，蒂姆仍然很平静，回答：“好的。”

“你呢？”

“我没问题。”

“已经很晚了。”

“没问题的。”

“要我捎你几步吗？”

“没必要。”蒂姆说。艾娃终于明白过来，两个人有个秘密计划。他们在上车前、搭车时或者开车后就已经想好了。她决定不去弄清楚它是什么，决定不要对蒂姆感到失望。你就像我儿子——而到了一定年龄，儿子们就是这副模样。她决定心平气和地开车回家，回到她深爱的丈夫身边。

蒂姆一直等到汽车驶出视线范围，才从衣兜里拿出手机，但还没拨打出去，电话就已经响了起来。桑迪咯咯笑着。

“朝左边看！”

她站在马路对面的树下，挥着手。

她度过了最美好的一天，最美好的之一。早晨下车后，她一直等到艾娃和蒂姆消失在视线中，然后离开了大路，步行前往农家大院。即使没有搭上车，她到傍晚也能走完十七公里。更何况有人捎带了她一程，是当地村里的农妇，她家还可以借宿。农妇有两个孩子，桑迪和他们待了一天，他们带她逛遍了这片地方，看了所有的鹅、马和鹦鹉（！）、蚁丘、废弃的宅子、大树以及被闪电劈过的树木。他们问她敢不敢跟他们一起去河边的水闸，大人不让他俩独自过去，不过桑迪是个成年人呀。在狭窄的水闸桥面上，两个孩子搂着桑迪的腰，一个在左、一个在右。

教堂广场的大菩提树离这里不远，桑迪带领蒂姆过去。他们坐在树下的长凳上抽烟。蒂姆闻到了自己手上的气味，那是芹菜、欧芹、洋葱和大蒜的味道。垂下双手后，他再度闻到了菩提树、烟和桑迪的气味。桑迪的头发带着大麻的气息。

“我很幸福，”桑迪说，“剩余的夏日时光，让我们就在这里搭车旅行吧。”

可能不会每天都这么走运，蒂姆想。不过他聪明地没有说出来，别当扫兴者。她的情绪会转变得多么快，她又会立刻变得多么无助呀。一切都会好起来的，但什么都不好，我能引诱所有人，没人喜欢我，你真的喜欢我吗？你非得走吗？你到底要去哪儿？你刚才去哪了？于是蒂姆说，为什么不喜欢呢？她欢呼一声，抱过他的头用力在颧骨上吻了一下，以致他感到自己的牙齿发出了咯咯的声音。临时住处是厨房后面一个没有暖气的小房间。夏末时节，墙壁可能足够暖和，但如今还只是初夏。蒂姆打了个寒颤。他们已经在菩提树下分享了一根大麻，如果他们改在房间里抽，蒂姆会更喜欢，然而桑迪非得再吸一根。

“我觉得这么快活！”

婚礼的音乐通过敞开的窗户飘进来。他们吃掉了蒂姆带来的蛋糕。他们把蛋糕全吃完了。

“你怎么不多带一些？”

“他们给我的，我全都带来了。”蒂姆说。

次日早晨，孩子们叫醒他们的时候，已经过了九点钟。

“没有热水！热水器坏了！你俩一起洗澡？你俩在那儿做什么？你俩在那儿做什么？”

孩子们偷笑着在浴室门前推推搡搡，浴室的门没办法上锁，但他们也不开门，只是推搡和吵闹着。桑迪先出来，眼睛下面带着睫毛膏黑色的痕迹，大笑着拥抱孩子们。他们爬上她的膝头，试着擦掉睫毛膏。最后在母亲的建议下用了食用油。当然他们抹了太多油，擦得太用力，桑迪又哭又笑。孩子们央求着，母亲于是邀请桑迪和蒂姆和他们一起共度星期天，但蒂姆说：“不，谢谢，我们想要去海边。”

“你真的是厨师？”

“还不是，不过快了。”

“你会成为什么？”（对桑迪）

“理发师。”桑迪眼睛都不眨地回答。

当他们准备离开时，孩子抱住他们的腿不撒手，一个挂在桑迪的左腿上，一个贴在蒂姆的右腿上，他们迈不开步，如果不把孩子们摁到地上，根本就挪不动，桑迪大笑起来。折腾到不知什么时候，孩子们总算听母亲的话放了手，追着桑迪和蒂姆到大门口。他们挥着手，直到看不见两人的身影才作罢。

他们背着背包在树下跋涉。桑迪想念孩子们，蒂姆因此感到愧疚不安，但他也无法想象该怎么在村里陪他们过一整天。

“我都不知道你想成为一名理发师。”他说完立刻又后悔了。这可不是纾解心情的最佳话题。

桑迪耸了耸肩：“我小时候设想过很多事情，这是其中之一。”

“你还设想过什么？”

“女航天员。”

他们大步走向主街，不是艾娃放桑迪下车的地方，而是另一个方向，到那里距离更近些，大约十公里，但一路上都还没有汽车驶过。蒂姆走在车道边缘，桑迪走在公路和沟渠之间狭窄的土路上。

“你如果做个幼儿园老师一定不错。”蒂姆说。

她一言不发，只露出被恭维的微笑。

她做幼儿教师，而我成为厨师，蒂姆想。不要自己的孩子。这太困难，责任太重。但二人相依相伴，各自有份喜欢的工作，抽着大麻看看天空，这一定是能做到的。

他们已经走了半个小时，这期间有几辆车经过，寥寥几辆，但都没有停下来。星期天早上在村落间人马稀疏的道路上，没有驶过的车辆。偶尔路过的汽车要么是一家人坐得满满当当，又或者没有一家人坐得满满当当，每辆车的司机和乘客都面色苍白，毫无表情，直愣愣地盯着他俩。

看什么看，混蛋。又来一个混蛋。

桑迪走得很快。十公里也就是两小时，中午的时候他们就能到大路上了，何时能到海边呢？蒂姆背着包的后背传来刺辣辣的疼痛。

“咱们抽点大麻吧。如果点上大麻，总会有人停车的。”

还真被说中了。没吸三口烟，就有辆车停了下来。他们大笑。停车的男人说着一口难懂的方言，他自己也没有什么具体的目的地，只是因为无聊而出来兜风。去海边是个不错的主意。桑迪给蒂姆使了个眼色。带个电灯泡去海滩，这可不是他们计划内的，不过车到山前必有路，关键是先搭上车。

这辆车被改装过，男人侧对着后方蒂姆所坐的方向解释道，不过他的话让人一句都听不懂。汽车发出响亮的噪音，变速的时候震得厉害，或者这位司机大哥故意把车开得发动机轰轰响。桑迪用手按住面前的杂物箱，免得被晃得左摇右摆，并将通风口对准了自己的脸。

开始的时候他们还试图交谈，不过那男人很快意识到他们基本上听不清他说的话，而且他似乎也没多少想说的。他开始播放一个录有讽刺歌舞剧的光盘，喇叭里传来一个跟他说同样方言的男声。蒂姆在后车座上打盹。

停车的时候他才醒来。桑迪把头埋在两膝中间，伸到车门外。

她感觉不太好。

她一阵干呕。

车已经开到了主街上，这里的车流明显密集多了。在他们停车等待桑迪恢复的时候，数十辆车超到了前方。蒂姆觉得司机不太耐烦。他紧紧抿着唇，扭头看着那些超过去的车辆。桑迪直起身来重新坐好。

“好了吗？”司机问。

“好了。”桑迪说着关上了副驾驶的车门。

他们出发，猛地一颠，回到了大街上。桑迪又拽开车门把头扭向一边。

“你缺心眼还是怎么的？”

急刹车，门甩回来打在桑迪头上。不是很重，她没有大叫。

“在行车途中！你缺心眼？”

“蠢货，”她咒骂着，跌跌撞撞地离开座位，“混蛋。先好好学开车吧。”

她砰地甩上车门。蒂姆赶紧从后座上把背包抓过来。

“她是不是嗑药了？”

“闭嘴，混蛋！”

发动机轰鸣着开远了。

桑迪一手扶着树，蒂姆站在她身边。他的手又大又粗糙，在身边晃荡。背包在沟里，沟后面是街道和车流。在他们面前是一块长着植物的土地，好像是杂草。一块休耕的土地上长满杂草。但一直到天边吗？这副样子会被人容忍吗？虽然这次他没喝醉，但蒂姆觉得颜色仿佛从环境中逃逸出去了。绿色突然都哪去了？它还在，只是变苍白了。那些驶过的车子，尽管被阳光照耀着，看起来也毫无光泽。

她嘟哝了句什么。

“怎么了？”

“不舒服。”

从空地上吹来一阵轻风，这很好，她叹了口气，蒂姆打了个冷战。他蹲下来，把自己缩成一团，她也蹲了下来。

“咱们有水吗？”

她知道他们没有。没有水，没有食物，连块口香糖都没有。他们就这样出发了。她在背包里带了条浴巾和他俩的泳衣，他只有那身肮脏的、沉重的厨房工装和几枚硬币。他还没有拿到婚宴的额外补贴，而她可能身无分文，不过这通常不算什么大问题，她知道没钱的日子怎么过，昨天夜里就安排得妥妥帖帖。可现在该怎么办呢？

他抬起头四处张望，当然看不到水。汽车在前面的岔路口转弯。

“下一个加油站肯定有。”蒂姆说。

桑迪欢呼一声，顺势滚到了路边的草地里。

“这个烦人的夏天。”桑迪对着野草喃喃自语。这个烦人的夏天。连去趟海边都去不成。

风吹拂过草地，野草轻颤，她的身体陷在草地里，仿佛一块弃石。

“也许，”蒂姆沉默了一会儿后说道，“也许我们应该抽点大麻。”虽然他不太确信，她是否**因为**最近大麻抽得太多，才感觉不舒服。癌症患者也抽大麻来对付恶心呢。

“你真是个天才！”

她挣扎着站起来，把脸上的草叶掸掉。草地上还留有她躺过的痕迹。她倚着树干耐心等待蒂姆把大麻卷起来。他不如她那么灵巧，但这并没什么关系。她靠在树上，面色苍白，微笑着看着他。他呢？突然就感觉好极了。就好像昨天在菩提树下那么好，就像在她身边那么一如既往的好，例如当他俩在她生日那天坐在屋顶上互相对视的时候。他忘记了周遭的一切，车水马龙仿佛都消失在九霄云外，他眼里只有沟渠、树木和桑迪。他紧挨着她靠树干而坐，这样虽然看不太清楚她的脸，但大麻不用来回传递那么远。他俩坐在草地里，青草气味怡人，抽的大麻气味怡人，树木也气味怡人。天气也不冷了。蒂姆闭上眼睛吸了口气。呼气的时候他就睡着了。

差不多就是这个时候，艾娃来到了海边。她一点半上床休息，没问题，七点半醒来。她丈夫醒得更早，他需要的睡眠比她还少。他坐在桌旁读报。周日他总是安排酒吧十点开门，迎接那些上午来喝酒的客人。夏季里，如果帮工休假，他得一周工作七天，这对他而言没什么问题。他在世上什么都不缺，这常常是他的优点，有时候也算是他的缺点。一个人在单调的日常生活中感到满足，而在日常生活节奏被打乱时，他就会紧张，直至难以忍受。比如说当他的妻子，这位波兰美人儿，面若芙蓉秀发如蜜一般的女人，说她也想念大海。

为什么，什么样的大海？

具体来说是波罗的海，不过眼下湖泊也是可以的。这个周日艾娃想要阳光和水，昨天造成的影响比她想象的更深。到目前为止一切都好，一切都可以理解，但她为什么问他，为什么她（一遍又一遍）执着于她似乎已经放弃了的坚持：问他是否想一起来。要求他一起来。她想要**和他**一起去湖边。

不行，酒吧得营业。

其实本可以在门上留个纸条：今日因家庭事务暂不营业。那又会怎样呢？客人们会去另一家酒吧，人人都活得好好的。常客会改天再来，一两个人会问起是何家庭事务，有没有人问还不一定呢。如果有人问，他回答说我得陪自己妻子，人们也都会理解的。

而她的丈夫，这位人称道夫、原名鲁道夫的小店主，扫都没扫她一眼，回答说："你恨不得当时就跟他们一起去了海边，这才是你的本意。"

"见鬼去吧。"说完她就自己开车出发了。

他何时开始成为了这样愤世嫉俗的人？她找不到这样一个时间点。随着时间流逝，人们发生了怎样的改变啊。以前，她年轻的时候，曾觉得自然而然地，人们会随着年岁增长而变得更加睿智、成熟、友善。不过她逐渐明白过来，大多数时候并不是这样。其一，不妨看看自己吧；其二，仔细回想，二十多年前，她想要领养一个孩子或者一对姊妹，而他回答：不。如果是亲生孩子我也就勉强容忍了。还有，他们给你提供可选的孩子往往是有残疾或者有别的毛病，你还没办法拒绝，否则你就领养不到别的孩子了。

开车，并憎恨自己的男人。

到达海边的时候，她决定不生气了。她在半阴凉处找到了一个不错的位置，时而瞧瞧带着漂亮小姑娘的一家子，时而瞅瞅那帮在旧更衣室附近摆拍的年轻人。她同时也密切关注着是否有人在看自己。虽然她从没见过像桑迪这样自以为是的人，但却忍不住想起她。她的执拗也算是某种形式的撒娇。道夫有件事说对了：有些人就是有毛病，可能是有一定的家庭背景因素，但实际上，即使父母整体而言还算正常和能干，如果他们有孩子，也有可能一样有问题。狡猾如桑迪，脆弱如蒂姆。根本不用自欺欺人。蒂姆十九岁时母亲去世了，他本可以独立了。也许他三十岁的时候能独立，也许永远也独立不了。

不过总还是可以想象，他哪一天就成熟了。一个有职业的成年男性。但是她呢？她到底又能做什么？有什么事情是她能做的吗？有些人真是百无一用。然而他们想生活，而且想**好好**生活。我真心祝福每个人都能如此。而这小姑娘所不知道的是，生活有多么漫长。

为了不再琢磨她，艾娃往水边走去。（我真是太常想起她了。有三个人，艾娃时不时惦记着。道夫，蒂姆和桑迪。我连想念去世的母亲都没花这么多功夫。这是否意味着，这三个人是我的家人？这是不是有点儿……）她盯着自己的脚，看自己落下脚步的地方，审视自己的腿走路时的样子。每踏出一步，大腿都轻微颤抖。我也不再是自己曾经的模样了。那又怎样？道夫说。谁还能分毫不变呢。他又说对了。总而言之，这还是让人安心的。一个中年发福的女人，别人看我的时候就是这副模样。我可以毫不讲究地用大脚指头在水里搅和半天，直到寒冷的感觉不再刺骨。这也挺好。

在极冷的、碧绿的水中游泳时，她感觉自己很美。她在水中游动的身体：美丽。她把头伸在水面上，因为头发很浓密，弄湿后需要很长时间才能晾干。金发高盘的脑袋迷人地漂浮在水面上，年轻人纷纷瞩目。

游完回到她的毛巾旁边时，电话响了。她全身还又湿又冷，因此就任由电话一直响到不响了。她会听答录机上的留言，如果有的话。没有就算了。电话铃再次响起。她犹豫了。太久了。又转到答录机。电话第三次响起时，她接了起来。电话那头是蒂姆。

“什么意思，她消失了？”

他哭得像个孩子，说的话几乎很难听懂。“她在那儿，然后突然她就不在那儿了。”

“什么，她突然就不在那儿了？她在你眼前消失了？”

不，不是在他眼前。不过他现在得仔细想一想。也许就是在他眼前？

“不，我闭了一会儿眼睛。”

当然，他已经打了电话给她，但只是听到：电话暂时无法接通。

艾娃沉默片刻，然后说道：“哎呀，她真是……她有时候想一出是一出。”

“她从没一言不发就消失了。”

“你给警察打电话了吗？”

他哭了。“没有。”

“你现在在哪儿？”

他站在最后看到桑迪的地方。她留在草地上的印痕还清晰可辨。她真的曾和他在这里待过。这是她留下的印痕。起初他沿着沟渠的边缘来回奔跑，在野地里呼唤她的名字，冲着恣意生长着植物的田野大喊。他观察地上是否留下了脚印，没有。他看向一排树后面，再看马路对面的另一排树后面。他看到一丛灌木，于是想到，也许她躲在后面，这是她做得出来的事儿。蹲在灌木后面偷笑到腿软。他跑向灌木丛，叫着她的名字。到达灌木丛后，他围着绕了一圈。她不在那里。他朝另一个方向的十字路口走去。他总是在路边仔细寻觅，希望看到她留下的痕迹，一无所获。甚至连可以一厢情愿牵强附会的痕迹都一无所获，他转过身，想回到她留在草地上的印痕那里。当他再次站到这里时，印痕已经变小了很多，几乎不可见了。只有风和草叶，后者试图一个接一个地重新挺立起来。蒂姆看着它们哭了起来。

艾娃花了一个半小时去找他。她担心自己找不到他，但是找到了。他已经不哭了，在路边来回转悠，集中精力等待艾娃。桑迪留在草地上的印痕已经完全消失了。

艾娃说："我也不知道，已经有一段时间了，她可能已经……"

"什么？"

"到那儿了。海边，或者任何别的地方。"最后一句她没说出口。（你为什么给他希望？因为我喜欢他。因为他又眼巴巴地看着我。那么充满感激、充满希望。好像我能解决这个问题。你为何又觉得我能解决？）她说："这样，我们可能最好就沿着这条路开下去。"

蒂姆给予她的信任近乎是无止境的，以至于她自己都想要相信，只要他们开车去海边，这无厘头的事情就会出现某种解释。由于他俩正乘车去寻找她，最晚在到达海边时他们就能找到她。一方面，艾娃知道事情有多么真实，另一方面，她又很高兴蒂姆在自己身边，同时还因今天能去海边有几分欣喜。他们到底能否找到那个姑娘呢？对此她似乎可以想象，却又无法想象，毕竟这俩孩子在海边并没有什么具体的目的地，没有一定想要去的地方。风把他们送到哪儿算哪儿。现在理智清醒的我倒是可以尝试模仿一下桑迪的做事风格。

她边开车边扫视，他则紧盯着自己所能关注到的一切。缠绕在灌木丛中的每个碎片，每件垃圾。标记着出过事故的路边十字架旁摆着一束鲜花：如遭重击。

下个镇子边缘有一家加油站。

"我们要停车吗？"艾娃问，并停了下来。

她问了加油站的经营者。他没有看到任何看起来像桑迪的人。

他们极缓慢地开车穿过村庄，最终离开了村庄。有人冲他们摁喇叭，艾娃稍微提高了速度。

“不远了。”艾娃说。

蒂姆在副驾驶座位上直起腰，严肃地点点头。

（是的，好吧，她有时可能会这样。醒醒吧，别再东张西望，一秒钟也没办法再等下去了，瞧，中午早就过去，她可能早就搭上了第一班顺风车。她没有叫醒你？而且你自己也没被吵醒吗？她得不知不觉地溜走才行呀。）

当他们到达海边时，游泳和散步的人已经不多了。艾娃和蒂姆沿着海岸线走，先是朝一个方向，然后向另一个方向，再后来又返回来。他们找了好几个小时，不是因为觉得仍有希望，而是因为在海滩上来回往复能缓解焦虑。情况不妙，但大海、沙滩、天气美好得一如既往。后来他们实在太累了。又饿又渴，腿又疼，嗓子干得冒烟。艾娃车里倒是有瓶水，但他们没力气走过去。他们瘫坐在沙滩上望着大海，远远看到一艘大船。

蒂姆想，余生我会沿着海岸行走，直到找到她。他突然坚信她已经死去。有人绑架并杀死了她，她已经被埋在不知何处的枯枝败叶和沙砾底下。他还没来得及绝望，也没来得及想出别的可能性使得自己不绝望，艾娃开口说：

“她也许回家了。”

蒂姆顺从地点头，坐上副驾驶的座位。

艾娃不必进门，不该进门，但当然还是进了门。脚下的楼梯发出咯吱咯吱的响声，他们爬到了五层。

开门时，蒂姆的手在颤抖。走廊里黑漆漆的，他没有开灯。艾娃在房间里吸了口气。这里闻起来有股发霉的味道。蒂姆匆匆穿过黑漆漆的走廊，艾娃跟在后面小心翼翼地走着。门框上有根突出的钉子，扎了她的手指。她吮吸着伤处打量起房间。

透过窗户可以看到一个庭院，那里有棵核桃树。艾娃看着这棵核桃树：我的故乡有许多核桃树。房间里堆着一堆堆黑色的东西，像是陈年的树叶，蒂姆穿行其间，在窗户附近停了下来。现在看不到核桃树了，只能看到他耳朵的轮廓。

“你怎么不开灯？”

不想吵醒她，蒂姆想说。然而在蒂姆开口之前，艾娃就已经找到了开关。

桑迪没在睡觉，她没在这。床上堆着被子和衣裳。

警方告诉他们，每天都有人消失，大部分都会在四十八小时内回家。你们为什么不回家等至少四十八小时呢，你的女朋友不是成年了吗？

蒂姆说：“是的。但除了我们之外她没有别人了。”

艾娃还在琢磨“我们”这个词，而蒂姆已经向她透露了下一则消息。即她除了他们还有别人，至少理论上是这样。她有父母。蒂姆知道他们的名字和生活的城市。电话黄页里都写着。而她的真名不是桑迪，而是帕特里夏，艾娃听到蒂姆讲电话才明白过来。“帕特里夏在吗？”

她不在。她父母也不知道她在哪儿，甚至对此也并不感兴趣。她失踪了，是吗？

这好像只是许多无所谓的可能性之中的一种。

艾娃和蒂姆又去了趟警局，把蒂姆的疑虑做了笔录：她可能被人开车强行带走了。接着他们讯问了蒂姆两小时，最后才放他走。

“他们现在到底会不会找她？”蒂姆问在外面等候的艾娃。他抖得像片杨树叶。

艾娃说：“我不知道。”

蒂姆在公寓里度过了夏天。有时在客厅，有时在厨房。他连续几小时盯着窗外，或者屋里的某个点，端详每平方厘米的壁纸、地毯、过道、桌子。桑迪从街上捡回来的、已干枯的棕榈和仙人掌。枯死的仙人掌的刺，枯死的棕榈的穗状叶子。艾娃每隔几天过来一次。他终究每次都会开门，接受她带来的食物。每次她问起是否有新动静、是否需要什么新东西、是否想一起去酒吧里做点活儿时，他总是回答：“不。”

“你可以留张纸条，这样她就会知道去哪儿找你。”

但他更愿意待在公寓里。

桑迪再也没有出现过。她没有自动出现，没发来任何消息，也没有被找到——活不见人，死不见尸。秋季降临，学校再次开学，而蒂姆也消失了。门上了锁，艾娃在门口给他发消息，却杳无回音。

次日，她又过来，爬上五楼，靠在门上仔细听里面的动静。

如此往复了三次。第三次的时候，她深吸一口气。跟以前一个样，还是长霉的味道。她去了他的学校，而他并没有在那里出现过。她试图跟房屋管理员沟通，他却让她去找警察。最终还是打开了房门，公寓和她最后一次与他一起进去时一个样，客厅里到处是皱皱巴巴的衣物，此外别无他物。

“你已经做了自己能做的。你救不了所有人。”道夫说。

“我曾经救过什么人？”

“我呀。”他温和地说。

“胡扯。”她这么说着，却觉得有一点安慰。她依偎在他的大啤酒肚上。

“我们或许应该收养他的。”她说。

道夫的想法却与以前一样。

永动机

PERPETUUM
MOBILE

“什么是一台勇通机？”

“一台什么？”

“一台勇通机。”

“那叫永动机。”

“对。可那是什么呢？”

“为什么要问？”

“有人发明了一台。”

“这没法发明。”

“用水。”

“一台利用水力的永动机？”

“是吧。”

“你从哪儿知道的？”

“电视里看到的。”

“嗯。”

"那你知道它的原理？"

他早晨六点下夜班，然后骑车回家。七点到十二点他睡觉，这睡眠时间太少了，可下午四点有个约会，他需要时间来准备。他在阳台上跳了几下绳，做了几个俯卧撑和仰卧起坐。数量不够，可他没有时间了。接着他在浴室刮掉了眉毛以下的所有体毛，抹上护肤霜，并喷了香水。早餐吃的是果仁麦片，饮料是菠萝和嫩菠菜榨的汁。

他计划去墓地需要半个小时，结果预估的时间太多，一来他骑车颇快，二来一路绿灯。他早到了十五分钟，没什么，我可以等。不出诊的时候，他交替着阅读报纸或非文学作品。大部分时间用来上网，大量阅读或是为即将来临的移民学一门外语（挪威语）。这回他自然没有带什么读物，只能观街景，也不错。墓地的入口在一条死胡同的末尾，没有车辆，没有喧闹，这也很好。没有其他人，难得。一个平和的周二下午。烈日当空，却也有足够的区域处在阴凉中。

周六下午也是艳阳天，他跟儿子一起骑车。她给他打了电话，通知他孩子需要一辆新自行车，周末他给他买了车，现在他们并排骑车穿过森林，林中到处开着铃兰。他们先是谈论着铃兰，后来说起野韭菜，以及图坦卡蒙[1]的死因，最后男孩问起了永动机。他喜欢看儿童电视频道中的科学节目，他们见面时的话题主要是他最近两周在那里都学到了什么。有的他能理解，有的则不能。他才八岁，很能说，基本上是滔滔不绝，还经常更换话题（从永动机到磁铁，从磁铁到行星），提很多问题，却很少给别人留出足够的时间来回答，或是还没听完回答就更换话题，过后再重新回到老话题。这让他觉得很累，尽管他很爱儿子。我每次见你之前都迫不及待，但跟你待上一会儿我就得放松放松，不然我的脑壳就会炸裂。

他们骑到一个运动主题公园，男孩选择了攀岩，尽管这里和整个公园都人满为患，孩子们像蚂蚁一样排成行在岩石上攀登。他们攀爬的是同一条最容易的路线：先向上攀登，登顶后走到另一侧，从一个最好走的斜坡再下来。汤姆看着自行车，在骄阳和尘土中等待着儿子攀岩结束。周围有慢跑的、玩滑板的、骑自行车的和玩沙滩排球的。我也愿意再玩玩这些，甚至是走绳索。离得最近的是两个女孩和一个男孩组成的小组，太年轻，都太年轻、太漂亮了。又长又黑的头发和苗条的蜂腰。一个面色苍白的高个家伙骑着一辆车驶了过来，他停在汤姆面前，正好挡住他的视线，让他看不见正在攀岩的儿子。他刚想喊“嘿！”，结果却出神凝望。这家伙精神恍惚地从车

---

① 古埃及新王国时期第十八王朝的一位法老（前1341 —前1323）。

上下来，往地上铺了一块小毛巾，小得刚够放下他的大脚，并以此前做其他事同样的速度向脚下躬身，再站直，汤姆以前还没见过哪个男人的身体如此柔软。他往岩石那边走了两步，一飞身就贴上了岩壁，并开始沿水平方向移动，孩子们的蚂蚁阵位于其上方。蜘蛛人。此人绕岩石一圈，下来后拿起毛巾，飞身上车后就骑走了。汤姆把两辆车互倚着放在一起，心想不会出事的，就向岩石走去。他走了四步。（为什么那人脸色那么苍白？）他在岩壁上为自己的手脚找支撑点。试了几次后，他为四肢找到三处支撑点，往上爬了爬，但也仅此而已。他又试了几回，但在放弃之前仅仅水平移动了一两个支点。不是因为缺少力量，我很强壮。他准备再试八次，但五次之后他就无能为力了。扑通一下坠落到岩石下的砾石上，脚踝摔得生疼。“来，我们回去吧。”他对儿子说。这儿人太多了。

男孩睡觉时，他进行力量训练。淋浴后往身上抹护肤霜，我的肌肤光滑紧致，但颜色不够漂亮，多少有点发红，既不黑黝黝，也不苍白。顶多可以化化妆，但还没那个必要。整夜他都在网上阅读有关运动与营养的信息。六点钟的时候，他想天快亮了，现在也不必再睡了，可还是睡着了。快中午时他醒了，男孩在看电视。

“对不起，我睡着了。”汤姆说。

“没关系，”男孩说，“有吃的吗？”

汤姆给每人烤了一块鸡胸脯肉，做了加草莓的绿色沙拉佐餐。男孩把沙拉中的草莓挑出来，先把上面的调味汁舔干净，然后放到一边，留到最后再吃。

“这是什么吃法，”汤姆说，“好好吃。”

（你周末来我这儿时，你妈总给你称体重。周日晚上你平均比周五要轻0.6公斤。那个臭娘们。）

屋里很闷。

“要不我们出去吧？”汤姆问。

他慢跑，儿子在旁边骑车跟着，为他带着饮水瓶。我也终于有了个助手，他心想。这天公园里也有很多人，他们不止一次险些与别人撞上，简直令人无法忍受。汤姆眯着眼，为的是不必看见这么多人，直到他们回到自家门前，他才要过水瓶喝了起来。

“好点儿了？”他洗澡后男孩问。

“好点儿了，”汤姆说，“睡觉前你再吃点东西，你想吃什么？”

当他把孩子送回去，看到她站在门口，穿着一身牛仔装时，他又一次怒火中烧。我希望自己不恨我孩子的母亲，或至少少恨一点儿，但我恨她仍旧一如既往。

周一疲惫难熬且让人昏昏欲睡，夜又长又无聊。出急诊三次，每次都是一位单身老女人。其中两人喘不过气，另一人背痛。司机在每次出诊间隙睡觉，他试图阅读，但大多数时间在想今天的约会。

现在他来到这里——一条宁静的死胡同。黄香李树的枝丫从墓地旁一幢楼的院墙上伸出来。树下的人行道上有一位五十岁左右的男人，头戴棒球帽，手提塑料袋。他四下看了看，看到汤姆（是的，他还在），不因见到他而高兴，但也不因其存在而有所顾忌。他开始往塑料袋里采摘黄香李。汤姆看着他，偷黄香李的。那棵树甚至不在街上，它长在那幢楼的院子里。那位戴棒球帽的看了汤姆一眼，继续采摘。这都什么人啊。再看看那顶退了色的棒球帽，得可怜这种人。一边偷黄香李，一边恐惧地四处张望。到底什么人会愿意吃黄香李呢？

他看了看表：头十五分钟已经过去，这十五分钟是因为他到早了不得不等的。第二个十五分钟，这是任何人都可能迟到的时间，他还得等。如今已经没人准时了。如果她稍微准时一些，哪怕现在至少在街上能看到她的人影也好，可街上除了那正在离开的偷黄香李的，见不到第二个人。多等是因为你来早了。早到者，会……[①]头十五分钟还好忍受，第二个十五分钟里的每分钟都令人更加感到屈辱。他孩子的母亲每次走出家门时，都是她本该到达的时间。你怎么能这么做呢？这只能说明，你愿意让别人等你。或者你根本不想这么多？别人对你来

① 更为常见的一句谚语是：迟到者会受到生活的惩罚。

说无所谓？除了你自己之外别人算老几？自然无法证明，她是为了惹恼他，故意这么做的。可这种怀疑也不是没有道理的，因为她并非一向如此。当她还爱着他时，有一次下雪天她在电话亭待了四十五分钟，为了跟他通电话。他忘了这事，出去了。他跟人喝啤酒去了，害得她在下雪天在外面站了四十五分钟，打来打去只能找到门房，最后哭着回了家。十年来此事一直都被他当作自己魅力的体现，现在街上几乎没有电话亭了。

汤姆今天要见的这位女子是否守时，他无法知道。他最后一次见她是二十五年前，那时她才三四岁，她哥哥，他最好的朋友，十岁。那位也叫汤姆，汤姆和汤姆。她能认出我来吗？她还能想起我是谁吗？就好像你还能忆起她似的，可不，有一回的事令他印象深刻。那次他坐在他们家厨房，她突然面色苍白，也没什么别的症状，就那么面无血色地站在那儿。她母亲猛地跳起来，用一块湿擦碗布在她的胸口按摩。今天你的心脏好受吗？可以这么发问吗？

此汤姆和彼汤姆相识于小学一年级时：开学典礼那天孩子们得排成两行，他们俩就这样被排到一起，一直到四年级都没换地方。有的人——包括老师——总是把他俩搞混，或者以为他们是双胞胎。他们一样高，都是金发，另一个汤姆略瘦。他的脚大一些，嘴里先长出智齿，大且有些歪的大臼齿，如同小簸箕。另一个汤姆是六个孩子中的老三，上面有两个哥哥，下面有三个妹妹。此外其父母还有三个孩子早夭，他们被埋在离家不远的墓地中的两个墓穴里。他们的母亲走到家里的阳台上时，虽然看不见自己孩子的墓穴，却能看到绿树成荫的墓地，树上栖息着乌鸫和松鼠，联想到自己逝去的孩子们也能住在那块郁郁葱葱的地方，心中毕竟好过一些。只有每年的万圣节，她才会去给孩子们扫墓，每次逗留的时间都比自己打算的要长，哭得也更伤心。

另一个汤姆和他的哥哥们不被允许在墓地玩，他们自然是偷着去。死人和母亲都会让他们毛骨悚然，他们时刻留心母亲是否走上阳台并看见了他们，他们从一个隐蔽处溜向另一个隐蔽处。那儿有一个中空的大灌木丛，被他们称作"俱乐部"。两个年龄大的让两个汤姆去收集苔藓，好像地毯一样铺在灌木丛中的干燥土地上。他们去找了，可当他们把第一块指甲盖大小的苔藓从一棵树干上刮下来后，另一个汤姆得出结论，他的哥哥们不过是想借此把他俩支开，所以他们现在最好干自己想干的事。"你想不想看看我其他兄弟们在哪儿？"

他指了指埋着他其他兄弟的墓穴，这二位一个比他大，一个比他小。一个女孩（实际上的老大）埋在另一个地方，那是一个埋着很多孩子的公共墓穴。另一个汤姆不知道他姐姐叫什么名字，也许她根本就没有名字。由于他父母每年只有精力来墓地一次，男孩子们的墓穴用一块石板盖着，刻着姓名的石碑旁的花瓶里没有花。墓地草地上到处绽放野勿忘我花时，两个汤姆采了一束花插进花瓶中。这效果看上去格外好，所以另一个汤姆此后只要来墓地玩，总会往花瓶里插上花。不久草地上的花就让他觉得太小、太少了。从被扔掉的花中拣出还没有完全枯萎的花或是塑料花也不行，他们是我兄弟。所以他们就从别的坟墓上的花束或花瓶中抽取，最后凑成毫无章法的五彩花束。因为他们从别人的花束中只抽取一朵，而且总是顶多第二漂亮的那朵。众所周知，人们因品位不同，喜欢的花朵的颜色与形状也各异。有一段时间里，另一个汤姆如同患了强迫症，他每天去墓地，猎取新花，更换献给兄弟们的花。日子一长，汤姆觉得有些无聊，他们不得不讨论彼此的关系，商定一个两人都满意的办法。

那花一看就是偷的，可没有任何人说什么。直到万圣节，另一个汤姆想出一个主意——不偷花，偷蜡烛，用偷来的蜡烛装点他兄弟们的墓穴，局面才恶化了。他得等到别的扫墓者都回了家，此外他还偷偷溜回家一趟，好去偷拿忘掉的火柴。弄到火柴后，他再次离家去点蜡烛。点好蜡烛后，他呼唤母亲到阳台来，他既高兴又激动。他要给她一个惊喜，这会让她十分欢喜的。

这事成了一桩大丑闻。她惊叫起来，当然，无论遇上什么事她都惊叫。用粉笔在人行道上瞎画；将衣服弄脏和/或弄湿、和/或撕破；把浴室的地弄湿；书包乱放；不擦鞋；不扔垃圾；不好好照看兄妹。打碎玻璃得挨揍、关禁闭、没收玩具、停发零花钱，或父母所能想出的别的什么招数。在蜡烛这件事上，他们觉得光在家庭内部惩罚还不够，这事毕竟涉及整个村子。另一个汤姆做的这件事不仅触犯了父母，而且也给那些被他偷去蜡烛——偏偏是在万圣节——的人家带来极大痛苦，更不用说还有着火的危险。一座墓地根本不是游戏场所，这是多么不着调的事啊，谁会认为这种事无伤大雅？人们对此会怎么想呢？不出父母所料，人们总的来说认为都是父母管教不严所致。他们家因为有六个孩子、缺钱，所以地上铺着棕色的地毡，用的餐具也是那种摔不碎的便宜货。如今哪儿还有人家里九个孩子死了三个的？就连他们住在紧挨墓地的房子里都令人起疑，可那房子也得有人住不是，或是就不该把墓地建在村子中间。所有的偷偷摸摸自然也毫无意义，两个汤姆以及其中一个的哥哥们还是未能躲过大家伙的视线，许多证人能够证明他们总在墓地调皮捣蛋。尽管另一个汤姆是一个人偷的蜡烛，有人却说看见还有一个人在场，汤姆的心瞬间都停跳了。谁会相信我呢，没人会相信我，人人都知道，所有的孩子都撒谎。幸好人们没再纠缠这一点，重要的是这是偷窃行为，这么小就偷窃，长大后会成为什么人呢？另一个汤姆的父母首先去了神父那儿，为了跟他咨询这事怎么办。他们非常动情地与神父进行了长时间的商量，讨论如何才能弥补过失，除了捐款，因为他们根本担负不起。六个孩子，能有钱买面包就知足了，我们甚至没钱给其他人赔新蜡烛。反正重要的也不是物质层面的事，而是道德。怎样做才能让另一个汤姆改邪归正，不光是要避免给社区带来更多麻烦，也是为了他自己今后不招灾惹祸？进行一种什么样的惩罚工作，在哪儿进行，在墓地还是最好不要在墓地？学校如何进行配合教育，除了——当然——操行评定，学校应在什么范围讨论此事，仅在他的班级内，还是要在全校开展教育？他是该去看心理医师，或是得进工读学校？他们没事总拿工读学校吓唬人，可这次汤姆从他母亲那儿听说，另一个汤姆的父亲是认真的。我还有五个孩子，我们也必须替他们着想。可怜的汤米，汤姆的母亲说。六个孩子，总有一个得当替罪羊。

最终（且不论在家关起门来发生过什么，对此目击者均三缄其口）不过是神父和校长分别找他谈了话，以及他站在全班面前承认自己偷了东西（还能怎么表达？窃、顺？）等等。随着此事在学校中的处理，汤姆再次感到心惊肉跳，可能还会有传言，说他也在场。毕竟他们形影不离，传谣并不费力，只需要有这个兴致。幸好没人冒出这个主意。然而另一个汤姆此后在众人面前再也抬不起头了。时间一长，大家甚至都忘记了这是什么时候开始的，怎么开始的，以及为什么会这样了。别人不再和另一个汤姆说话，他也不再和别人说话。他也不理汤姆，后者总是胆战心惊、一言不发地陪在他身旁，课间休息时在灌木丛中坐到他身边的树干上。他一直试图跟另一个汤姆说话，不谈那件事，想拉着他一起玩。我们去高低杠那儿吧，等等。后来他又试着一言不发地陪他坐着。两次课间休息他都坚持下来了，第三次他跑到高低杠那儿，头朝下挂在杠上。

像往常一样，临近学年结束时要举行所有人都得参加的和平赛跑。另一个汤姆与他的哥哥们一样，是他那个年级的飞毛腿，夺冠基本上毫无疑问。如果运气好，汤姆能紧随其后得第二，但此事没有保障。赛跑那天他的状态不错，与另一个汤姆一起把其他人远远甩在后面，领先他们半圈。跑道上铺着红色矿渣，跑道周围也是尘土飞扬，汤姆的肺和眼睛都很不舒服。跑最后一圈时，另一个汤姆加了速，汤姆跟着一起提了速，也没为此特别费劲。似乎另一人的能量在带动他，他没想到这会持续下去。由于出汗和尘土，他几乎什么也看不见，脚触地时越来越不稳。他闭了一会儿眼，想象着再睁开眼时另一个汤姆会领先他好几米。但事实刚好相反，另一个汤姆必定是放慢了脚步，因为汤姆闭着眼撞上了前者的脚后跟。他们没有双双摔倒，只是绊了一下，这真是个奇迹。汤姆趔趄了一下就从另一个汤姆身边跑过，而后者的鞋却被踩掉了，他站在那儿穿鞋。

这时汤姆继续跌跌撞撞地往前跑。是不是应该停下来，跑慢点儿，等着他，返回他身边，怎么做才公平？还是在一场竞赛中人人无暇顾及他人？他领先五六步后，另一个汤姆已经穿好了被踩掉的鞋，但还未追上他。汤姆决定专注于比赛，尽可能保持自己的领先地位。他又不是故意踩掉另一个汤姆的鞋的，后者平时跑得比他快多了，如果他愿意，就能轻而易举地超过他。

他没有超过他，汤姆赢了，另一个汤姆位居第二。汤姆不敢看他，另一个汤姆仍旧像最近那样不理他。他们俩分别获得一张奖状，过完周末已经没有人再想起和平赛跑的事，假期前的最后一周开始了。假期中汤姆的父母带着他和他妹妹搬走了，他们可以说是在搬家的前一天才告诉孩子们的。他们肯定不愿看到孩子们长时间哭哭啼啼地告别玩伴，或者他们对此事根本没多想。汤姆的妹妹在搬家途中一直哭天抹泪，汤姆却觉得如释重负，再也不用面对另一个汤姆、他那些狞笑的哥哥、傻笑的妹妹，还有他那大喊大叫的父母。

那封镶了黑框的信是寄到他母亲那儿的，也许她作为开业的医生最容易被找到。他母亲没有打电话告诉他此事，而是从邮局把信转给了他，结果他收到信时，葬礼已经在头一天结束了。

他打电话冲他妈喊："葬礼是昨天！"

"对不起。"母亲以惯常的腔调说，这令人无法听出她是否有感触以及有什么感触，还是这一切对她来说都无所谓。

“对不起，”她说，“我怎么会知道葬礼在昨天。”

“有什么需要知道的？看看寄信人，看到是谁后打个电话，问问该不该拆开看看！”（现在我又成了那个总是歇斯底里喊叫的。）

他们沉默片刻。母亲喘了口气，汤姆喘了口气。“对不起。”最后汤姆挤出了这几个字。

“没关系。”母亲说。

寄信人是卡塔琳娜，另一个汤姆最小的妹妹。不知为什么偏偏是她，幸好汤姆还知道三个妹妹中的哪一个叫卡塔琳娜。她出生时他们刚上一年级，四年级结束后他家就搬走了。他给她打了电话（她的声音已经令人无法辨认，没有他们家特有的口误，至少打电话时听不出），她向他描述了墓穴的位置，在一棵歪脖子桦树旁。又过了几天，他给她打电话说找不到那墓穴，实际上他根本没去找过。他琢磨了此事，得出结论，如果他自己去找的话，肯定今推明，明推后，最后不了了之。再说了，一座坟墓有什么用，坟墓又不会诉说。他想见到他的亲戚，最好是个妹妹，好跟她聊聊另一个汤姆。什么叫“死了”？突然并出乎意料？长期/短期生病后？死于非命？他尤其想知道：最后二十五年他是怎么度过的？

现在她已经迟到二十分钟，我站这儿等了三十五分钟了。此间我看见入口处聚集了一小群退休者，一位向导领他们走进了墓地。他们每个人在走进墓地之前都向他投来怀疑的目光。一般情况下，最迟此时他会离开。就等十五分钟，一秒都不多等，他也试图让他孩子的母亲明白这一点，但她和其他人对此全不买账。他们不觉得自己无礼，反倒认为我总是带有潜在攻击性。

“我具有潜在攻击性？”

“是的，你。有时也不潜在。”

“哈，我什么时候攻击过什么人？我什么时候怎么样过你吗？”

“不要提高嗓门，行吗？”

当她终于（等了十五加二十五，即四十分钟后）出现时，根本没想起来为迟到道歉，可这次汤姆并未生气。她刚在街上出现，他的心就怦怦直跳。两百米，一个纤细的女性身影走过来。黑发，身姿婀娜，身着牛仔装。小时候她是金发，与家里其他孩子一样。看着一个人从两百米开外走来：她走得不是很快，不像别人着急时那样。当她离他近得能够看到细节时，她看上去完全不像汤姆所熟悉的另一个汤姆家的其他孩子——扁平的圆脸，大眼睛，虹膜呈万花筒状，由绿色和蓝色斑点组成。一瞬间，汤姆以为认错人了，她不是他今天要见的人。

但她就是。她做了自我介绍，问他是不是他。

他点了点头。（他激动得几乎无法露出一丝微笑。）

“谢谢你专门跑一趟。”

“应该的。”她边说边意味深长地微笑着。那双万花筒一般的眼睛上方的眉毛又黑又细，就像默片时代的女子。

墓地的植物长得既茂盛又漂亮，让汤姆顿生欣喜之感。我怎么没有早点到这里来呢？这片郁郁葱葱真是美得令人难以置信，还有射入的阳光和卡塔琳娜那双虚幻的眼睛的魅力。瞬间仿佛置身天堂。直到他看了那女人一眼，她走在他前面引路，浑圆的臀部在紧绷绷的牛仔裤中扭动，这令他又回到现实中。

她同他一起走进墓地深处，由于起初没有留神，他没有记住来路，也许回去时他能记住路。她领着他来到一块较大草地的边缘，那儿躺着几块石板。

在那儿。

第五排的第二块石板，如果他自己来找，恐怕也找不到。他以为是一个真正的墓穴，而且有矗立的石碑。歪脖子桦树在哪儿？附近根本没有歪脖子桦树！有，在那儿。这是一棵桦树，长在草地的另一边。但它并不歪，树干分出三根杈，不歪，而且不在附近。

“啊，”他说，“我会直接在桦树附近找。”

他不会撒谎，脸马上会变得更红。他像小时候一样低下头，以为这样别人就看不透他。没必要，她根本没看他，而是低下头望着石板：一个名字，两个年份。我们本该带花来，汤姆想。

他是怎么死的？

他有未被发现的心脏缺陷。

（那块潮湿的擦碗布。）他只能从侧面看着她。她耳朵前面化的妆并未能真正遮掩真相，人可以清楚地看到界限：褐色妆容下露出惨白的皮肤。

“瞬间心源性猝死？”

“差不多吧。”

“他死在哪儿？”

“在自己家中。”

“在床上？”

她望着他。他本该回望，可无法直视她的目光。

“是的，就是没能醒过来。”

“谁发现他的？”

幸好她转移了视线，再次向石板望去。

“他的老板。”

“他的老板？”

“是的，他没去上班。”

“他做什么工作？”

“护林员和猎场看守人。”

“护林员和猎场看守人？”

“是的。”

“在哪儿？”

“在沃锡。”

那是什么地方？”

“在施塔特里茨。”

（她是故意的吗？如果是，为什么？）

“那是哪个州？”

“萨克森－安哈尔特。”

“他喜欢那个工作吗？”

“我想是吧。”

“你们不经常见面？”

“不常见。”

（不可能。怎么才能让她讲出实情呢？不可能。她不想说实话。她来是为了告诉我坟墓在哪儿，要是她不这么做，那就太不近情理了。可她现在却试图心不在焉地应付他。不可理喻。）

汤姆试着沉默了片刻，也许她随后会健谈一些。

他离开村子去学徒时我九岁，她会说。此后他就不常回家了，或是类似的话。

圣诞节也不回？

是的，不，圣诞节他回来。但最近几年圣诞节也不回来了。

其他人呢？他们回来吗？还是各过各的？我以为大家庭会抱团呢，人们总是这么说。孩子越多，越强大。还是别人都抱团，只有一个人例外？或是他不年不节时也会回趟家？可以这么发问吗？

当他的沉默并未令她开口说话后，汤姆问："你干什么呢？"

"搞旅游。"

"在哪？"

"一家旅行社。"

"生意还好吧？我是说，如今……"

她撇了撇嘴。

"还行，生意不错。"

"有家吗？"

"你问谁？"

"他，他有家吗？有孩子吗？"

"没听说他有家。"

汤姆的心又加速跳了起来，这回是气的。（我的天哪，这女的怎么了？当年她就已经是个冷酷的婊子了吗？愚蠢的问题，那时她还是个婴儿。按照亚当·里斯[①]的方法计算，她如今应该二十岁了，可显得却像我的处于青春期的女儿。左右两边各戴着一个大耳环，也不知她化这么浓的妆脸还会不会红？要是换了我，脸得红得像煮熟了的虾。）

“你父母呢，”他勉强地问，”他们怎么样？”

她变得稍微活泼了些：“挺好。父亲得了膀胱癌。人们不断切除他的肿瘤，膀胱早晚会越来越薄并撕裂，那时就得摘除。”

说完后火花又熄灭了，她站在那儿，耸着肩，两臂交叉，就好像觉得冷似的。她不打听他做什么，生活得如何。急救员，离了婚，有个儿子，儿子每隔两周来他这里度周末，其他的时间我很思念他。偶尔我也试着爱其他的人，一个大人，但不太成功。我曾挚爱过我孩子的母亲，四年前她把我赶出了家门，但失望仍旧令我刻骨铭心，所以也不再能够信任别人。我大量阅读，从而知道如果一个大人只能爱孩子，无法爱其他成人，这不好。不少保育员都有这个问题，我是通过一个性侵故事读到的。一位女心理学家说：问题在于，在家里遭到性侵的孩子来到相应机构，可那里的工作人员之所以选择这个工作，是因为他们无法与成人或不需要帮助的人打交道，他们只能想象来自弱者、病人和有创伤经历者的好感。我读到这些时很气愤。我觉得这位女心理学家太霸道，现如今不知女人都怎么

① 亚当·里斯（Adam Ries，1492—1559），德国数学家。

了。我前妻声称我是跟踪狂，打电话叫了警察，当时我正试着重新赢得她的心。我给她买了花，写了信。克制住你自己，她说，否则你甭想见孩子。在她身后给她撑腰的是她的朋友，新朋友，其中没有一个是认识我们俩的，这些朋友站在那儿就像大猩猩。我不由得想，其实这样也挺好，因为我现在真的能把她指摘我的潜在攻击性表现出来，扇她两耳光。可事实上我却低三下四，我甚至没有威胁过她，而是祈求她让我见儿子，现在状况就成了这个样子。护林员和猎场看守人，看看吧。我愿意当急救员，可这差事能毁了一个人。昨天夜里登门拜访了三位孤独的女人，孤独的男人的状况往往更惨，有时候他们干脆就死了。干这份工作得有很好的体力，我已经开始训练。一般来说，我从与我交谈者的脸上就能看出，他们注意到了我发达的肌肉，可面前这张脸却一片默然，毫无兴趣，看来我是自说自话了。现在参加保育员培训是不是太晚了？所有那些老男人、老女人。一段时间以来我讨厌所有的人，我唯一能忍受的喧闹是孩子们的喧闹，除此以外，我渴望宁静无人的地方，就像这墓地，这么多年我怎么从未来过墓地呢，这儿绿树成荫、一切……

“那好，”她说，“我走了，你肯定还想再待一会儿。”

这样她就不用与他多走一步，也不用跟他多说一个字。没事，我不过只是一个陌生人。更糟糕的是，她哥哥对她来说好像一样无所谓。真是什么人都有。像很多人一样，她甚至没有说一声再见。汤姆想了想该怎么做，同样什么也不说，或是从身后向她说一声再见，怎么说？最后他喊了声“再见”，尽量不动声色。

一个名字，两个年份。墓地里出现了一些工作人员，他们修剪草坪、整理灌木丛，并在常春藤掩没墓板前剪掉一些枝蔓。他与他们打了招呼。

这个下午和形体训练的时间就这么过去了，他坐在家里的电脑前，在网上查找另一个汤姆的兄妹们的信息，如果他听不到直接叙述的话。中间那位妹妹叫尤利娅，大妹妹的名字他想不起来了。他对他的哥哥们不感兴趣。他搜了照片，幸好她们的姓比较特别。怎么样，找到了，尤利娅·莱谢克。她仍旧是金发，但若想知道更多信息，得是她的朋友。后来他还是想起来了，大妹妹叫安娜玛丽亚，可没找到长得像她的照片，也许她现在已经出嫁，姓丈夫的姓了。最后他想起还是查查汤姆本人比较靠谱。他输进了全名，打上引号，果然找到汤姆·莱谢克，捕鱼和狩猎等等。当他点击页面时（心怦怦跳起来。他长什么样？我们如今外貌还相似吗？），弹出的相片不是他的，而是很多野兽的。互相追逐的小野猪；一头在吃奶的小鹿，身量已经快赶上母亲；一只嘴里叼着耗子的猫头鹰；两只在搏击的雄鹰；一只松鼠和一只山雀，二者在一只狗的饮水盆前相遇，饮水盆是红色的。这些照片中间也穿插着风景照：高山湖泊、瀑布、白雪覆盖的森林、日出日落。汤姆每天都能见到这样的风景，一切都美不胜收，完美无缺，拍得也无可挑剔。小野猪，到处可见的小野猪，身上长着条纹的可爱小野猪，身上带斑点的可爱小鹿。他不知道自己该作何感想。他关上了电脑。

星期二。离上班还有一个小时，洗澡、刮胡子、抹上护肤霜。还有十天，也就是十夜，然后又可以和儿子一起度周末。如果我能熬到那天的话。

埃拉·兰布在穆林嘎[①]

ELLA LAMB IN MULLINGAR

① 东德一个名不见经传的小地方的名称。

我赶上了晚上九点十四分那趟火车，十一点已经到家，却到凌晨两点都没睡着。“睡了六个半小时，也就你敢这么睡。”我模仿母亲的口气对自己说。星期一我们的摄影工作室十一点才开门，我甚至还有时间见到太阳，六月的阳光总在上午就照进我的窗户。我紧靠窗坐着，闭着双眼，手里握着装有雀巢咖啡的杯子。我学会了喝酒，尽管还一直停留在喝朗姆加可乐或伏特加掺橙汁的水平，但真正的咖啡我仍旧喝不惯。无所谓，反正也于事无补，我可以闭着眼一直在阳光下坐到中午（最后一次这么做是什么时候？天知道）。后院长着一棵钻天杨，它散发出香气并沙沙作响，自然还有阳光与树叶的嬉戏，以及现在透过闭着的眼睛所能看到的。我把眼睛睁开一道缝，看到窗台前我的小臂，在许多闪着金色的汗毛间能够看到小小的、褐色的胎记。胳膊肘方向的画面太苍白，这引起了我的注意。我把眼睛全睁开，放下杯子，伸手拿起相机，试着再坐回刚才的姿势，胳膊的位置与刚才一样，并用另一只手照了相。画面当然不清晰，我本想从另一个角度照的。如果下次有时间的话，用三脚架和自拍功能；或者我请伊薇特代替我坐到窗前，虽然她皮肤比我黑，而且把小臂上的汗毛全刮掉了。

来到摄影工作室后我才想起，本该早点儿来擦橱窗。我还几乎没擦几下，老板就到了。我擦得不好，不知怎么回事尽是道子。其实我已经往玻璃上喷了好多清洁剂了，老板呛得直咳嗽，他把大门开着固定好，以便通风。

“你在那儿干吗呢？”

我也不知道。

“你应该先把框上的尘土擦干净。”

我不再擦玻璃，而是清除窗框上的尘土并清扫接待台。

“你看上去怎么那么疲惫呢，埃拉？你周末都做什么？”

“周六我们一起为一场婚礼进行了拍摄，周日我和我孩子在一起。”

“啊，是的。”他边说边坏笑起来。

是因为我们一起度过了周六，还是因为他忘了本吉的存在？或是因为他没忘？他又该刮脑袋了，一旦头发茬长得过长，人们就能看出他秃顶得只剩了一圈头发，虽然他还年轻。

我希望玻璃上的道子在外面，所以就从外侧擦起来，尽管老板说别擦了，我们有更重要的事得做。有的日子总是干什么都免不了出差错，后来我去邮局时才想到这一点。装着信件的袋子很沉，超乎想象，街道比平时显得更陡，碎石路已有百年历史，而且凹凸不平，花店前很滑，我崴了脚。我不会说，周末把我累得骨头都散了架，为什么要说周末，而不是剩下的那几天呢？

十月到四月间，若是没有很多人举行婚礼，我会坐周六的早班车去接本吉。如果我们不磨蹭，就能赶上一小时后的返程车，中午就能到。我们在火车站吃快餐，本吉和我都喜欢快餐。周日晚上反方向送他回我妈那儿，一切照旧，除了火车间隔时间是两小时一趟：若是赶不上晚上九点十四分的，那就得一直等到十一点十四分才有下班车，但这也是可能发生的最糟糕的状况了。

在婚礼高峰期，我们几乎每个周六，有时也包括周日，都得工作，还有受洗和坚信礼庆典活动。坐六个钟头火车，那纯粹是瞎折腾。如果周日不用工作，我就一个人去妈妈家陪他们过周末。周日属于家庭并应该宅在家里，我们的主要节目是一起吃几顿饭，或许去散散步，但常常只在花园里。这意味着，我只能走到花园：我躺到苹果树下，只要我往那儿一躺，就会睡着。老爸管睡着的我叫睡美人。有一次本吉在我身边堆满了鲜花和绿草，我醒来时草梗从我的额头掉落。我给那花与草构成的轮廓照了相，本想送给本吉，后来却没送。

“妈咪太累了，”老妈一边对本吉说，一边抚摸他额头上的鬈发，“她在首都过着辛苦的生活。”

当儿子走到听不见我们说话的地方时，她说：“你能不能至少有一宿能踏踏实实睡个觉呢！你眼角都长褶子了。”

这是真的，我继承了老爸的泪囊。十五岁生日时，母亲送了我一盒眼霜和一个金色镜盒，里面一半镜子是正常的，另一半有放大功能。十六岁时我在一家冰激凌店打工，她常来买两个球的冰激凌，要装在华夫饼里的。十六岁的我认为拿小勺挖着吃冰激凌的人有派头，而用舌头舔的人则让人讨厌。阳光下我母亲那轻浮的舌头，她看上去透着幸福，既为自己也为我感到骄傲。她以前也在冰激凌店打过工，也在合唱团唱过歌，也跟女友们一起去电影院，散场后咻咻笑着穿过夜间的城市回家。然而她那时已经二十岁，并且订了婚，她是在床上怀上我的，而不是像本吉那样，是我和一个几乎不认识的人在公园里鼓捣出来的。英仙座流星雨从天上划过，我数了数，一共十四颗流星，我感到了前所未有的幸福，此前我也经常觉得幸福。

我有过一个美好的童年，此外我也有才能：可以感受到幸福的律动，知道它们是如何令日常生活泛起涟漪的。滑入这种幸福，如同走进温水：有的人只能在里面逗留短短的数秒，另一些人能坚持几分钟，然后就是时过境迁，人们常常被命运之手从幸福中生拉硬拽出来。孩子们和成人的生活就是如此。

你是我毕生至爱，我还没有对任何人说过此话。这话我妈先是对我老爸说过，后来又对我说过，最后是对本吉说过。我们仨听到时均露出了微笑。

我母亲是一个性感且精力充沛的女人，既充满母爱，也不失少女的妩媚，这从她的眼睛、嘴唇、秀发和丰乳中即可看出。清晨她起得比任何人都早，唱着歌喂小动物、给花草浇水并给家人准备早餐，吃完饭她与家人吻别，那些吻分别落在额头、脸颊和嘴唇上。到中午时，她干的活比别人二十四小时的都多。毫不奇怪，我到的时候，她已经有些疲倦了，她已经是当天第二次或第三次站在厨房了，没有什么人愿意在厨房被打扰，她只是让我吻吻她的面颊。作为厨娘，她手艺中等，可自然仍旧比我们其他人做得都好吃。她不需要我们打下手，并专门请我们不要插手。在厨房里我们还真是帮不上忙，只能碍手碍脚。若是一切顺利，她做饭时并不手忙脚乱，也不汗流浃背，而且同时端上所有饭菜。我们也不让她张口召唤，而是及时在餐桌旁各就各位，就餐的气氛绝佳。但她很少有一鼓作气把饭后甜点都准备好的时候，相反，突然间她会很累，眼皮、嘴角和肩膀全耷拉下来。她闭上眼，站起来的时候也不再睁开，闭着眼她也找得到路。现在她必须马上去躺一会儿，她筋疲力尽了，需要安静，请我们不要打扰她。我们不去打扰她，我们吃餐后甜食（一般是加果料的凝乳），然后就收拾餐桌。

另一种可能性是她同样闭上眼，却不从餐桌那儿站起身，嘟囔着“对不起”，然后去休息；而是依旧坐在餐桌旁，嘴里不停唠叨：她筋疲力尽，我们把她榨干了，我们又一次让她伺候，特别是我，我比世界上任何人都更有横草不拿、竖草不拈的天赋，自从我到了以后，毕竟已经到了一个半钟头了，可曾问过本吉他这个星期都经历了什么？我问了，是在她准备午饭的时候问的，但我无论澄清与否都不对。最终眼泪都会从她闭着的眼睛中流出，而且她会把卧室的门狠狠摔上。现在她不想看见我，也不想看见所有人。

老爸收拾餐桌，我问本吉：“一切都好吧？”他说：“都好。”

他说她总是在周末才发作，平常她总是很和蔼。

老爸和我在非周末的日子也经历过这种发作，这可能发生在任何一天。有的日子我藏在桌子底下，想象着老爸回来之前还会发生什么可怕的事。

“滚出来！”她边说边用扫帚够我，“行，你就待在那儿吧。”

“你为什么坐在桌子底下？”老爸回来后问，他笑了，“别胡说，快出来！”

“不，”妈妈说，“就让她待在那儿。”

他递给我吃的，但妈妈认为这太过分了。“出来吧，坐在桌边从盘子里吃。”但老爸仍旧把吃的在桌下塞进我嘴里，我们哧哧地笑，直到妈妈哭起来。我们可怜她，让她坐在我们俩中间。

一个小时，有时两个小时，她便会恢复；或是我们散步回来，她会微笑着迎接我们，吻我们，夸我的头发或是皮肤，这意味着雨过天晴。

没有婚礼举行时，一切都简单得多，周六我就可以接本吉。麻烦事只是：有时母亲已经把他的小箱子整理好了，给我们装了太多食物；有时则没有做任何准备，她说你们自己弄吧。这根本就不是事，我在五分钟之内就收拾好了箱子，吃的我也买得起。我们一块儿睡在我的双人床垫上，我在床垫周围挡上枕头。周日晚上我一个人返回时，床垫上还留着他的味道。

本吉五岁后，我才带他回我那儿住，这之前太麻烦。与本吉相处的最初五年是我一生中唯一一段如陷地狱的时间，那时幸福的小池塘无法带给我足够的缓解：我如同穿过由痛苦、喊叫、恶心与恐惧构成的地狱。我爱他胜过一切，但只要我与他独处超过五分钟，就如堕深渊。助产士在生孩子时曾告诉我，这种无助很快就会过去，但它没有过去。当我从学校毕业，在另一座城市开始职业培训时，我哭了起来，因为如释重负。我先在一家银行受训，半年后我中止了培训，却没有回到父母家。后来我在一家时装店工作，只有周末，有时每两周的周末才回家。一次流感肆虐时，我五周没回去，直到我那生了病的母亲在电话里大吼说，这是我最后的机会，如果我现在还不露面的话，她就没我这个女儿了。我回了家，接下来的三周里，我们母女俩并排躺在病床上，她对我说："你不是知道嘛，我会永远爱你的。""是的，"我说，"我知道。"

后来我找到这个摄影师的培训职位，一切从此就好多了。本吉五岁了，非常可爱，疼爱他几乎不再是痛苦的，反而常常是一种独特的幸福。我爱他不像母亲那般疯狂，我不把他紧紧搂在怀里，也不随时随地吻他，但我们手拉手地走路和睡觉。

正如老板所预言的，周一平平淡淡。那天在上班的最后一小时，我每隔两分钟就看看表，一心想着晚上在能听见杨树沙沙作响的窗边吃什么。也许楼上那位低音提琴手又会练琴。

我已站在超市的收款台前，突然吃惊地想起：今晚还有一单活！

我跑回家，奔上楼，把购物袋一扔，把身上的衣服扒下来，清洗一下腋窝后换了件干净上衣，收拾好照相器材，电池没有充电，至少不是刚充的。我飞身骑上自行车，幸好只有三公里的距离。

我到达时刚好还没迟到，电池和存储卡也没掉链子。我根据协议在嘉宾座谈时和此后分别照了相。四个小时税前付酬一百九十九欧元。这是一家银行协会，负责文化工作的是一位女同，她喜欢我。我冲她微笑并感谢她的摄影委托，她也微笑着，双手握着我的一只手，脉脉含情地说："下回见。"

当我为了骑车回家而开车锁时，才后怕起来。我的膝盖直打哆嗦，只好蹲在地上。我蹲着鼓捣着车锁，可就是打不开。腿都蹲麻了，我诅咒起来。这时电话铃响了起来，是伊薇特，她问我在哪，在干什么，我们能否见面。我说："不，今天不行，我的车锁打不开了。"她笑着祝我开锁开心。锁死活打不开，我冲它大喊，结果居然就开了。

后来又遇上汽车道与自行车道被封，我设法在右车道最靠外的十厘米宽的地界保持平衡，把刚拍的照片按照不同标题归类。但我脑海中不断出现的唯一画面是女主持人那张整过容的脸，一再浮现的是她那因拉皮而在太阳穴附近皱起的皮肤，还有那厚厚的嘴唇轮廓。突然间我觉得自己好像整晚都在拍她，别的什么都想不起来了。我的自行车左右摇晃起来，一辆汽车冲我直按喇叭，我喊道："孬种！"这时我突然看到人行道上站着一位警察，再次吓了一跳，可那警察毫无反应。尽管如此，我还是立刻把车骑出了他的视线范围，然后停下来给伊薇特打电话。

我们拿着笔记本电脑坐进一家小酒馆，看起照片来。

伊薇特说照片无可挑剔。

“你也能看出那女的整过容吧？”

“是，可这又不关你的事，是吧？”

等着瞧吧。

“周末过得如何？婚礼情况怎么样？”

我讲了她感兴趣的：婚礼在什么地方举行，婚纱、婚鞋、鲜花、婚宴和音乐分别如何。

“本吉呢？”

“本吉挺好。”

那夜我梦到了那个整了容的女人：她冲我微笑，她离我很近。她那蜡样的皮肤，厚厚的嘴唇，她喜欢我，马上要吻我，没等她吻到，我就醒了。

周二我接到的活是照两张全家福。第一组是三姐妹：一个红发，两个棕发，红发的坐中间。第二组是祖孙四代：曾祖母、祖母、母亲与女儿照全家福，年纪最大的八十岁，最小的不到一岁。往三个人脸上打光，往四个人脸上打光。我得成为她们的第四个姐妹，冲婴儿微笑，冲母亲、曾祖母和祖母微笑。

“您有孩子吗？”祖母问。

“有，”我说，“一个儿子，七岁。”

“多好啊，”别人的祖母说，“已经上学了？”

“是的。”

“上哪个学校？”母亲想知道。

“那学校不在附近。”我说。

那婴儿看上去像一颗珍珠，不用修饰。在成年妇女身上我得多下功夫，好让她们为自己在照片上的相貌高兴。

下班后我与伊薇特去上声乐课，我是女高音，她是女低音。我唱《西部故事》电影插曲《在某处》，她唱红粉马丁尼乐队的《我不想工作》。课后我们在我住的那条街的一家印度尼西亚餐馆吃咖喱鸡爪，然后去对面的酒吧喝葡萄酒。我不喜欢这家酒吧，里面既喧闹又弥漫着烟民们喷出的烟雾，但我不想扫伊薇特的兴。我们让两个意大利人请我们喝酒。

第二天老板问我：“说吧，你又去哪儿了？”

“我会去过什么地方呢？”

“你头发上全是烟味……哈哈，”老板说，“你脸红了。”

我咬住嘴唇。

“对不起，”老板说，“我没有恶意。”

后来他的孩子和太太来到工作室。那女孩叫弗洛伦蒂娜，她喜欢我，她说："埃拉，你真漂亮。""谢谢，"我说，"你也很漂亮。"她很受用并自信地微笑起来。那男孩没拿我当回事，径直坐到他爸爸腿上。

"兰布小姐，"老板坏笑着说，"您能给这位年轻的先生从厨房拿杯苹果汁来吗，我现在不方便去。"

"兰布就是羊羔[①]的意思。"弗洛伦蒂娜说，她已经九岁了。

小男孩乐了："羊羔？你叫羊羔？"

"是。（我希望我的脸这回没有再红。）你的动物名字叫什么？"

"蒂博。"

"蒂博，接下来呢？"

"蒂博。"

"你叫蒂博·蒂博？"

他妈妈冲我直瞪眼，就好像他不知道自己的姓赖我似的。我继续对那男孩微笑道：

"也许你的动物名字叫——熊？"

男孩笑答道："不对。"

"也许是——狼？"

"或是——狐狸？"

① "兰布"的英文为"lamb"，有"羊羔"之意。

“或是——狮子？”

“对！”男孩喊道，“我是一头狮子！”我们在场的其他四个人全笑了起来。

后来他太太和颜悦色地问我能否偶尔去他们家帮忙照看孩子。

我的脸又红了。老板替我解了围：

“埃拉总是很忙。”

当天午夜我们三个人坐在沙发上：伊薇特，一个叫比安卡的，还有我。比安卡在一家名叫“玫瑰红”的二手服装店工作，我们一起看照片，那是我在“普罗塞克[①]加量打折”的促销活动中给愿意让人拍照的女顾客们照的。多数人都愿意让我给她们照相，她们乔装打扮、开怀大笑。其实我喜欢这类活动，我为什么没有笑呢？因为照片很糟糕，她们也看出来了，她们满怀希望地望着屏幕，然后说了句“啊哈”，耸耸肩后就不提这事了。

“怎么搞的？”伊薇特问。

“光线太弱。”我嘟囔道。

“我以为你是专家，专会在弱光下照相呢。”她这么一说还真起了作用，那些女人们的表情满意了许多，比安卡卖出了更多衣服，也更为满意，我也跟着满意起来。

---

① 意大利一种很受欢迎的起泡酒。

一个颜值颇高的年轻人滑着滑板车过来，他带着个年龄跟本吉差不多大的女孩，也滑着一辆滑板车。他们找那女孩的妈妈，可她还根本没出现过，他们又滑走了。“我挺喜欢他，”伊薇特说，“可我怕他的女朋友，她是个泼妇。”话刚出口，那女人就出现了。她俏丽并友好，比安卡和伊薇特也很友好，一排泛黄的牙从她的红嘴唇中显露出来。她试了一件很短的红色连衣裙，我为她拍照，她摆着姿势。她漂亮，但她自以为实际上的漂亮程度还要更漂亮。她没买那件连衣裙，而是买了一条带钩织花边的白色披肩，谁也猜不透顾客会买什么。

最后一拨人在十点左右走了，我们紧挨着坐在沙发上喝着剩下的酒。沙发上方挂着一幅从跳蚤市场买来的画，画面上是一位裸女，她的头发高高盘起。

“跟你长得挺像，”伊薇特说，“只是她不是金发。”

“你光着时是这样？”比安卡问。

“要是这样就好了。”我说。（其实是这样，差不多。）

伊薇特问这幅画多少钱买的，比安卡说：“两百。”伊薇特露出不屑的神情。

伊薇特说她想在三十岁前找个男人。

“那你还有整整两年。”比安卡说。比安卡已经四十五岁左右了，她不指望有自己的孩子了，她曾帮着别人带过几年孩子。等到本吉十八岁时，我才三十五，正如人们所说，我们俩的好日子还在后头。

我问有没有橙汁，没有，那我就喝纯气泡酒。伊薇特开始试衣服，比安卡说我也应该找找自己喜欢的，可我不想站起来。我穿四十二号的，在这种店里反正很难找到合适的衣服。我不愿从她的店里买衣服，这对比安卡几乎就是一种冒犯。最后她亲自为我挑了一件：带红点的白连衣裙。我心想，要是穿上这件裙子那还不得像个挤奶姑娘。说出口的却是："这件恐怕号码太小。"

她逼着我试穿，结果还真穿进去了。

"不小吧，"比安卡感到满意，"我看大小还是很准的。"

"你看上去很性感，我想马上咬你一口。"伊薇特说。她穿着一件蓝色紧身连衣裙，脖子上围着一条皮毛领。一个看上去像模特的会计，她把所有的钱都花在买衣服上。她瘦得像芦苇，长着一双大脚，我别想从她那儿捡剩。

那件带点的连衣裙有股发霉的味，料子发硬，但我还是表示感谢，而且没有再脱掉。

我们还想给我妈找点什么，却没找到。这里到处都散发着霉味，我不能送她有这种味的衣服。

"别费劲了。"我说。我妈很挑剔，她最后一次穿别人穿过的衣服时还是个孩子。她说她很早结婚，就是为了不必穿别人穿剩并改过的衣服。

“她妈，”伊薇特对比安卡说，“是个大美人。”

听起来好像她还想补充点什么，结果却没有说更多。她也没有再脱下那件蓝色连衣裙和那条黑色的皮毛领，后来我们骑上车后，我发现她大概把自己原来穿的衣服忘在店里了。但我没提醒她，因为我不想再陪她返回去取。

回到家，夜晚突然又再次延长了。我听到电话留言，有两幅照片在 lumen.co 卖出去了。我在他们那儿有五幅照片，现在卖出两幅。

《绿》——一条杳无人迹的夜间街道，街道中部亮着一盏绿灯。

《黄》——电影院前的一棵树，树上挂着黄色的灯笼。

两幅画是同一个人买的，这个人选择的是最便宜的种类：海报。每张图片我可以赚二十五欧元，一共是五十欧元，去看本吉一趟来回就得花这么多钱。我兴奋得睡不着觉，躺在早就闻不到本吉味道的床垫上，想着那位买画的男人（我为什么会认为是个男人呢？我想象应该是个男人）。我想着外面那条夜里的街，我如何在那儿漫步，某夜通过亮着灯的窗户看到了自己的画作。我十分认真地端详着那画，我观看的角度是齐眉高，以致我觉得自己是睡着了。果不其然，大街上刚刚结束社交聚会的人们的喧闹声钻进我的窗户，前院有个酒馆，周围还有几家旅馆。一群群的年轻人，有说英语的，有说意大利语的。他们用手机拍照，我拿着自己的专业相机有些笨手笨脚地紧靠着一堵墙站着。我想把相机藏起来，它看上去太扎眼。我把相机包掩在身后，希望人们看不出那是个相机包。我这场黄粱美梦令人唏嘘。墙壁阴影中的味道不好闻。伊薇特在哪儿？我为什么得一个人站在这里看着一个长着金黄色鬈发的小伙子吻他的女朋友？看见他们卿卿我我很让人难受，可我还是无法走开。一连串僵硬的微笑使我的脸都痛了起来。我好不容易转过身准备去工作室。我不是游客，我住在此地，我有事情要做。刚转过身背对他们，一切都暗了下来，我必须沿着墙摸索着向工作室的方向走去。我想到了老板，希望他在那儿，尽管正值午夜。但我认为他在那里是合乎逻辑的。然而工作室黑着灯、锁着门，这让我心痛得不知所措。我坐在门槛上，想什么时候天才会亮，我还得坐等多长时间，他才会来开门让我进去。我忽然想起，并没理由眩晕与绝望，我自己不是有钥匙嘛！这时我醒了。

“你想象一下，”我对老板说，“我梦见自己大半夜来这儿了。”

“你想象一下，我也做了同样的梦。”老板说。

我不敢看他的眼睛，不知他是不是在寻我的开心。

我们一整天都在为附近一家眼镜店的网页拍眼镜。我得精进给产品拍照的技术，但这实在令我觉得无聊。

晚上又跟伊薇特一起出去，这次是参加一家位于地下室的酒吧的开业庆祝活动。她的一位同事不知以什么方式参与了这家酒吧的运营，也许是出资。我口干舌燥，喝了一杯掺了橙汁的朗姆酒，接着又来了第二杯。他们没预备吃的，只有花生。我坐在吧台前的高脚凳上，把小三脚架放到吧台上。我用一只手捧着花生，用另一只手按着快门。我拍饮料、瓶子、杯子、形形色色的手、吧台镶了金边的圆转角和同样描金的桌腿、伊薇特的长睫毛、她那穿着网眼连裤袜的双腿，以及连裤袜下那棱角分明的膝盖骨。也拍其他人，有的拍了脸，有的没拍脸，还有地上的灯影和四周的墙壁。后来灯光被切换成紫色，大家都歇斯底里地笑了起来，因为人们许多年都没有经历过这种场面了。我调试了很长时间，想避免拍出的眼睛和牙齿太吓人。“暗下来很酷，”伊薇特说，“这是你大显身手的时候。”我兴奋得忘乎所以（也许是朗姆酒喝多了），我抱着相机躺到了地上。地很脏，这令我惊讶，酒吧不是刚开张吗？外面也并不泥泞啊。也许有人打翻了饮料。

“嘿，你是不是在拍我裙子里面啊？”站在我身边的一个女人问。

“没有。”我说。

“能让我看看吗？”

我肯定是喝多了，因为我差点儿把她推开并叫她最好滚蛋。但我还能控制住自己。我从地上爬起来，把显示屏举到她鼻子底下，“看吧。”我感到身子右侧粘上了黏糊糊的脏东西，这样站在她身旁令我十分气愤。希望她现在别说出什么不中听的话。她没有，而是说：“哇哦（这听上去蛮友好），这些照片不错。”

“谢谢，”我说，“我们也拍肖像。”

我到处翻找自己的名片，脸又红了。我说了“我们”，而我带的名片是自己的，可工作室不是我自己的。如果我带着这位客户去工作室，并说她是我的客户，老板会说什么？他肯定会从我手中抢走这位客户，毫无疑问，我真是想入非非。我得说服她去室外拍照。她靠在树干上，坐在一把长椅、一块草地上，先是半点春光不泄，然后是穿着内衣伸懒腰，这都是我的错，我们二人都会后悔……最后我终于找到自己的名片。

“谢谢。”那女人说，幸好能看出来，她是肯定不会给我打电话的。

我停止了拍照，和伊薇特跳起舞来。其他人给我们拍照。“姑娘们，你们很美。”“谢谢。”我们说。我希望自己没有喝这么多酒，可实际上我已经喝高了。

在回家的路上，我们路过我拍了《绿》的那条街。这次没有红绿灯，一盏街灯照着人行道。“看，”我对伊薇特说，“一个伍基人[①]正在过马路。”

“哇哦，”伊薇特说，“穿狗装的种类，我们要不要尾随一下？”

“不，”我说，“我太壮实了。”

伊薇特的腿在抖，她在压抑自己想尾随的冲动，最终她留在我身边。“为了你，我错过了一生挚爱。”她扑哧一笑地说。

“这不是玩笑，埃拉。”老板说，“每隔一天你都这么疲惫，我都不知是怎么回事，几乎没法使唤你。每件事都得我说三遍，如果事事都要说三遍，而且还得检查，因为你也许精力太不集中，那你就不是我的帮手，而是给我制造了额外的工作。这我可负担不起，你懂吗？”

我当然懂，我一言不发，只是低眉顺目地站在他面前。这看上去笨笨的，可现在不是抖机灵的时候。

“我是认真的，”老板说，“说实话，你是不是吸毒啊？”

① 伍基人（Wookiee），《星球大战》中来自卡西克星球的宇宙智能两足动物，是一种虚构物种。

“不，”我看着他说，“我不吸毒，我耳鸣。”

“你耳鸣？”

“是的。”

他充满怀疑地望着我，脸上还带着因恼怒而出现的褶子。然后他说：

“出去晒半小时太阳。”

“谢谢。”我说。

我买了个三明治，坐到儿童游乐场旁的长椅上晒太阳，然后就睡着了。腿上放着三明治，周围弥漫着花圃中玫瑰的香味。游乐场四周有一圈玫瑰花丛：黄色的、白色的、红色的和粉红色的。街上的树也是分门别类栽种的：大街上的是栗子树，侧街上的是椴树、梧桐树，偶尔也有观赏性果树，但后一种不那么受欢迎，因为秋天街上到处是坠落的果子，它们被车碾压，发酵的果子让街道闻上去像个水果榨汁厂。更不用说那些苍蝇、黄蜂和脚下的滑腻的东西了。我喜欢这种味道。我妈到处收集的蔷薇果，还有其他所有她发现可以吃的东西，如酸模和黄香李；自然也包括花芽和种子，好把它们种进自家花园。窃花不为偷。就是偷，我还是个孩子的时候曾如是说。

我不知道这些是我梦见的，还是想到的。我想自己只是闭着眼在那儿坐了几秒钟，并未睡着。但我突然发现自己的嘴张着，当我闭上嘴时，它发出了睡过觉的味道，三明治也在腿上散落开来。我看了看周围，没有人在观察我。几个孩子在玩耍，旁边坐着他们的母亲。我的脸晒红了，特别是脑门。

我把酸奶抹到额头上，想着一会儿别忘了画眉毛。若不画眉，眉毛会浅得几乎看不见，还有睫毛。我得画眉和刷睫毛膏，还要给红得发亮的鼻子扑点儿粉，鼻子扑了，脸上其他地方也得扑，我的口红，那赤褐色的口红在哪儿？我化妆是因为晚上想去听一场音乐会。穿什么衣服呢？也许是那件新连衣裙，一位挤奶姑娘去听爵士音乐会，为什么不可以呢？同一幢楼里的低音提琴手参与演出，否则我只能听见他练琴。他邀请了住在我楼下的画家和我出席，因为我们是这座楼里的三位艺术家。一次我们去那位画家家中做客，他送了我一幅画在一小块树皮上的抽象画。一周后他问我："那幅画你还留着，还是已经弄丢了？"我还留着那幅画，并想给它配个画框，但我们工作室卖的那些画框太贵了。有一次，有个画框坏了，我问能不能给我，老板说不行，我们自然得把它寄回去，好让人调换好的寄来。结果到后来，我真把那块树皮弄丢了，它肯定还在家里的什么地方，但我找不到它。我想着化妆品和那块树皮画会在哪，不知不觉间又睡着了，这回一睡半天。我想自己只是于梦中在我那唯一的一间屋子中走来走去，翻看每一件东西，瞧瞧下面有没有压着那幅抽象画。没有，但我找到许多我认为根本不在这儿而是在我父母家的东西，我以为它们甚至都不在父母家，而是早就丢了或坏了。我的心跳加速，在梦中化妆与看见旧物都是美好的事。瞧，我在梦中对伊薇特说：“它们漂亮吧？”

“狗屁，”伊薇特说，“你在干什么？你在哪儿？”

“为什么？”我问。我仍旧闭着眼，但情绪低落，就像温度计中的水银柱在我眼前降落，因为现在我刚好发现眼皮外面不再明亮。天黑了，也许还来得及，到底几点了？

伊薇特告诉我，声音十分不友好：“十点差五分。”我朋友的音乐会在五分钟之内开始，她正站在俱乐部门口，入场券十六欧元一张，幸好她还没买票，因为没有我她是不会去听十六欧元一场的音乐会的，外加饮料钱。可我到底在什么地方？“你该不会是把音乐会的事忘了吧？”

我坐起来，睁开眼，房间里是黑的，屋里一股干了的酸奶味，我感觉脸部发紧。

“我没忘音乐会的事，”我对伊薇特说，“我只是睡过了头。”

“你睡过了头？”

“是的，对不起。”

“你怎么会睡过头呢？”（她认为这一点儿不好笑，而是一种怠慢。）

“我肯定是累了。”我说。

“你肯定是累了？”

“是的。”

“可我却站在这儿。”

“对不起。”

“我本来就讨厌爵士乐。”

“对不起。”

我又道了一千遍歉，伊薇特的态度却不见缓和。要是在平时，这会令我警醒，要是在平时，我会起来去找她，再请她喝点和好酒。但这次挂上电话后我又睡着了。她早晚得消气。我嘛，说实话也松了一口气，不必去听一场爵士音乐会了。

第二天又是个周六，我们去为一场婚礼拍照。我穿着比安卡店里的那条连衣裙，客人们都盯着我看。

“你穿得太性感了。”老板说。

我脸红了。

他坏笑着说：“我觉得挺好。他们看见你，照相时腰杆会挺得更直。”

除了新娘，她仍旧面色苍白，神经兮兮。她大概怀孕了，可应该不会吧。我们刚到的时候，她正巧从楼梯上滚下来了。若是真怀孕了，那大家的反应会更激动些才对。后来为了满足新郎新娘的愿望，我们在同一级楼梯那儿为所有参加婚礼的客人拍了照，有一对一对的，有一家一家的。开始照的人还赶上了阳光，最后照的人则碰上了天黑，用了闪光灯。

最后一家人的全家福照完后，我走到院子中。大门两侧各有三棵杨树。我站在杨树下听树叶沙沙作响。门旁有一张海报，是一支摇滚乐队的广告。本吉的父亲也在一个摇滚乐队中演奏过，他是吹萨克斯管的。我没有爱上他，只是想练练怎么做爱。我端详着海报上所有人的脸，跟乐队一起登台的一位女歌手叫阿妮塔。

我转过身，看到老板站在我身后。

“对不起，我没想吓到你。”

“没事儿，”我说，“我没听见你走来，杨树的响声太大了。”

他微笑着。

我说：“我喜欢这种声音，这让人平静。”

“是的，”他说。“它们的响声跟我的耳鸣一样。”

“我不知道你有耳鸣。”

他摆了摆手：“已经九年了。我站在杨树下就听不到耳鸣了。”

“我住的地方的后院有一棵杨树。”我一边说一边又脸红了起来，这次幸好天黑了。

“那多好。”他笑着说。

他开车回去，我坐在副驾驶的位置上，观看着车灯下路旁的树干。

周日我只赶上了十点那班车。胃不太舒服，一方面是昨天婚礼上甜点吃得太多，另一方面是怕妈妈会说我。可笑，怎么我二十四岁时怕我妈的程度会超过我四岁的时候？

“这很正常。”伊薇特说。

“这什么时候是个头啊？”我问。

“等他们咽气的时候。”伊薇特答。

事先订的票也作废了，幸好没遇上查票的。没查我的票，不知是因为我睡着了，还是因为根本没人来查过票。

我到达时，本吉在他的房间玩耍，那里曾经是我的房间。我挨着他躺到地毯上并向窗外望去，能够看到蓝天和阳光。我们的花园里曾种过罂粟，现在我想起几株土耳其蓝的罂粟荚果，当时我也是仰视着它们。我希望能有一幅它们的照片，想找几株罂粟荚果来拍照。

“我们去花园吧。”我对本吉说。

他不想去。

“我去行吗？”

“行。”他说。

我走了出去，照了几张相。找到太阳留下的斑点，过度曝光，设置得让植物看上去像抽象的东西似的。我怀念罂粟的茎和它的荚果。我找不到合适的摄影对象，一切都太一目了然。

我送给母亲的生日礼物是一幅照片，是我去年为她照的。她喜欢我给她照相，但她坚持让我把她显胖的那些照片删除。

“别矫情。”我说，“来，我给你拍几张裸照。”

老爸觉得这主意超棒。

她红着脸拒绝拍裸照，但又很受用地微笑着。

她喜欢这张新照片。

此外我还送给她一个花环，是我从婚礼庆典上拿来的。新娘希望客人们拿着花环拍照。我为老爸、本吉和我自己也各拿了一个花环。我们走进花园，我给他们仨拍了一张头戴花环的照片，然后用自拍功能拍了一张全家福。

母亲的客人们到了，我和本吉仍在花园逗留了一会儿。我躺在草地上，他用一节草梗挠我的胳膊和脖子，我直起鸡皮疙瘩，我们笑作一团。他搔弄我的脸，碰到了我的眼睛，很疼，我请他小心。他跟我道歉，但还是两次碰到我的眼睛。我很紧张，迅速坐了起来。

我为母亲的庆典摄影，也给她的朋友们拍照。他们打听我的状况，我说自己在一家摄影工作室工作，此外还通过一家画廊出售艺术摄影照片，一些活动也请我去摄影。大家对我都很满意，我的一切发展得多好啊。

“那你生活中也有男朋友吧？”

“有。”我说，“有那么个人。”

母亲充满怀疑与不信任地望着我，但还是认为有这种可能性，立刻为我担心起来，随后又为我没把这事告诉她而生气（稍后她对老爸说：“她告诉你这事了吗？”“没有？”“那也许就是在编故事。”），接着耸了耸肩，今天是她的生日庆典。

接着大家谈起了本吉，他让我们保持年轻等等。他的学校、他在学校里的成绩、他的音乐课受到称赞。我四处找他，他不在这里，正在花园里和另外一个小男孩玩。他们在荡一个双人秋千，这秋千我小时候就有了，尽管我是个独生女。有一次我和母亲边荡秋千边唱歌，二声部，母亲的嗓子是女中音。

我陪本吉去睡觉时，客人们还在。我给他讲了一个故事，一个穿狗装的人穿过一座城市。

“他为什么要穿狗装？”

“最后一章才能知道为什么。”我说。

我们一起数着到放假还有多少星期。三周半。无论是否是婚礼旺季，老板也有孩子，我们工作室关门两周，让婚礼自生自灭吧。他们家去法国度假，我们呢？

“我们又跟伊薇特去海边？”

“是的，我们去海边。”每当伊薇特得意忘形时，她都装出我们是情侣的样子。唯一的区别是，她不跟我们睡在一张床上，不跟任何人，甚至不睡在一间屋里。这让她受不了。“最后咱们的关系得破裂，若是我找到什么人的话，你觉得不是吗，埃拉？”“自作多情。”我说。

“嘿，”我对本吉说，“我有个问题。说说，本吉，如果一直待在我身边，你觉得如何？”

“好啊。”

“转到另一所学校，找到新朋友？”

“行。”他说。

“真的？”

“真的。”

我的嗓子一阵发紧，我的心跳加快。我握住他的手。

“先不要告诉外婆，也不要告诉外公。”

“明白，”本吉说，“我又不傻。”

楼下母亲和她的女友们在开怀大笑。

“那你每天晚上都能陪我睡觉了？”本吉问。

“是的，”我说，“当然。”

迷失在森林中

VERLIEFEN
SICH IM WALD

在夏日的旺季，他从日出干到日落。日出时去上班，日落后才回家。好在车程正好与日出、日落的时间一样长。年轻人与太阳一同上路，同时到达。可惜太阳总在他背后，因为他早晨往西开，晚上往东开。当然能够目睹一切：日出日落，但他只能在一面反光镜中看到太阳本身。他开车时，眼睛盯着反光镜：这侧，中间，另一侧。每天都会有几秒钟和几米的差异，但有几个地方总能看到太阳。拐过弯后，左边，在山丘上的小树林旁。在有的地方，太阳会同时出现在两个反光镜中，那一秒他被晃得什么也看不见。有时（很经常）他会在此后闭上眼。一、二，想象着太阳同时出现在三块反光镜上。这毫无意义，他只是爱想象。这不无危险，因为早晚马路上车都很多，尽管如此，他欲罢不能，相信在这两秒钟内不会出现车祸。

白天他坐在室内，从旅馆的接待台能够看到湖，不是湖水，而是岸边的芦苇。芦苇的摆动，后面湖水的反光，天上的云，或是万里无云。这一切都美不胜收，夏天很迷人。天气很热，但旅馆里有空调。晚上走出旅馆，他感受到处处所存储的热气在蒸腾，在车里他再次能从反光镜中看到太阳。

相反，冬天他几乎只能看到黑夜。摸黑开往旅馆，到达时与出发时一样，一片漆黑，工作，再摸黑开车回家。很多人都这么生活。刚开始他只值夜班，旅馆在招人时就是这么写的，招夜班执勤人员，那两百欧元夜班费也是他想要的，但时间一长还是受不了。您需要更多日光，医生说。最后他终于敢开口问女上司，他是否可以至少偶尔上个白班。

不用老上夜班对他的社交活动也会有好处。他有过很多朋友，他们现在也还是他的朋友，但上夜班让他难得与他们见面。以前他们几乎每晚相聚玩耍：台球、飞镖、保龄球、羽毛球，周末踢足球和打网球，玩完还会一起吃比萨、汉堡包、热三明治并喝啤酒掺其他饮料。那是一伙活泼开朗的人，男女都有。上白班后他就可以重新和他们在一起，但不知何故，他还是没和他们在一起。我也不知道从什么时候开始的，也许始自接待台后那些孤独的长夜，有时我也站在门前，为的是能听到芦苇与湖水发出的声响。我内心大概通过日出日落得到了一种宁静，那是我不忍心去打破的。下班回家，他躺在床上读诗，像学生时代那样（他读的确实是一直留着的学校里发的读本），但也不总是。内心出现的宁静并未足够稳定到能让人读得进那些话，有时连音乐都听不进去。（相反，洗衣机发出的声响却从未干扰过他。）睡觉前的两三个小时他更加集中精力，不要打破内心的宁静。还有比这更糟糕的生活。毫无疑问的是，他的朋友们不理解他怎么了，他也无法向他们解释清楚。

这个故事发生的那天，从头到尾诸事不顺。他先是险些卷入一场车祸。他所住的小村的那条街靠近一座山丘，他的房子刚好在拐弯的地方，这在冬天结冰的日子格外危险。从高处下来的车在此往往直接滑向他的房子，幸好房前有一道沟，所以还没有车子直接破门而入。他能想起来的掉沟里的车也只有三辆。现在是夏天，尽管如此，若不了解当地地形，再像游客那样忙着观风景（可东张西望时丝毫没减速，反而开得挺快），情况就不妙了。这天早晨也有人驾车冲向了对面车道，他自己也正睡眼惺忪地开着车驶出院子。双方都紧急刹车，吓得瞪大了眼。两车保险杠的距离不过一指宽，他们的车停了漫长的一分钟，阻碍了双向的行车。然后他们连车都没下，分别倒车，各奔东西，彼此一句话都没说。这事就算没费任何周章地过去了，虽说如此，他到旅馆时心跳还一直没恢复正常速度。

后来午休时，女上司请他去一趟。

“长话短说（这是她的口头禅：日安，长话短说）：您是我们这儿最出色的员工，一丝不苟、精力集中、礼貌、忠诚。

我完全信任您。”

“非常感谢。”他说。

一句话，她问他能不能想象出任前台领班。迄今一直是女上司在担任前台领班，现在她升职了。对他而言这意味着要领导四位下属，每月工资多三百五十块。

“谢谢，”他说，“我可以考虑一宿吗？”

“当然。”女上司说，感到有些意外（还是已经失望了？）。不是因为他所请求的思考时间，这确实完全可以理解，而是由于他在整个谈话过程中的面不改色，三百五十块比夜班补助只多一百五十块，当然，工资是最后才谈到的。此前他就既无惊奇，亦无喜悦，也不激动，有的只是一如既往的礼貌。

值班的模式和每天一样，女同事抽烟休息回来后，他一个人出去走走。女同事一只手拿着烟卷，另一只手握着电话，在组织自己下班后的生活，或是正在生活，她不因自己在上班就停止长发红唇的快乐女郎的生活。女上司看不惯女同事老写短信，也不喜欢这姑娘本人和她的态度。他不评判她们二位，他就是不吸烟，也不发短信，这次升领班的事他也没有什么必须马上告诉的人，或是听取某人的意见。他就那么站在烟灰缸旁，面朝湖水，双手插在裤兜里。

回家的路上，太阳前所未有的灼热，令一切都笼罩在一片芍药红色下。在所有三块反光镜中都看不到任何能抵挡这种色彩洪流的东西，犹如我们不曾知晓这股巨流的存在，直到它冲上堤岸。他看不清东西，感到很累。但他无法马上回家，他有个约会。

她总是到得太早，他经常迟到。他没有时间回家换干净衬衫，只得穿着接待台的工作服去赴约，领带被他摘下来塞进了胸前的口袋里。浑身汗味，毫无疑问。他的西装外套放在后排座位上，现在因为有人要坐他的车，他才看见车里有多脏，主要是揉成一团的快餐和甜品包装。他现在也很饿，但得先去接她。

在傍晚已趋柔和的光线中，她站在人行道边，穿着短款紧身连衣裙，脚上是一双白色高跟凉鞋。当他离她只有最后几米距离时，附近的一盏街灯亮了起来，她古铜色的头发泛着光泽。每次他见到她，她都是漂亮、欢快和从容的。一如既往，他见到她时，她在休假，而他在工作。她每年夏天来一次，待的时间不长。由于他无法提出任何建议，总是她决定什么时候在哪见面，以及然后干什么。这次她说想去山上的大瞭望塔（实际上仅仅是个小山丘，海拔不到四百米），她时常能忆起小时候的这个木制怪物。这类不情愿的出游为数不少（学校和其他成人怀旧的地方），他也越来越崩溃：刻着的名字，生锈的钉子，还有被封锁的台阶。这次又有了新目标，让我们去瞭望塔，从那儿俯瞰城市夜景。

“我们先去买个三明治吧，我快饿疯了。”

他在一家小吃店买了一个奶酪火腿热三明治。

“你不该吃这种垃圾食品，要不我们去吃饭吧？”或是可惜她现在才想起来，本该带个野餐篮子的。一次出游、一顿野餐，可以俯瞰城市的夜间野餐，这该多美好啊！她怎么就没想到这个主意呢？一切都没计划好，都是她的责任。

“无所谓，”他说，“现在我已经买了三明治。”

她无法坐在旁边等着他吃完，所以提出由她来开车，他正累得不想开车呢。他深深陷入副驾驶的座位，两膝抵住前面的杂物箱，油乎乎的三明治举到嘴边，只需要咬就是了。一块奶酪掉在了衬衫上，这油渍永远洗不掉了，衬衫算是毁了，无所谓。她开自己不熟悉的车不太稳，又开得太快，拐弯的时候让他胃里直翻腾。她换踩脚踏板时大腿直闪光，虽然是高温天气，她仍然穿着连裤丝袜。大腿放光，头发放光，她比我岁数大，看上去却显得年轻，因为她注意保养，我不注意。

我们不想让这二人的特殊关系蒙上神秘的色彩，相反，我们想直接揭示这荒唐的局面：他们是同父异母的姐弟。他们共同的父亲以及各自的母亲都不希望他们俩见面。她三十三岁，他三十岁，每年他们都偷偷在城里见一次面，他们出生在同一座城市。他与提前退休的父亲共同住在郊区一个村子里，她如果在的话，与她母亲住在城里。出去时被问到去哪，跟谁出去，她就随便编个瞎话，这对她来说不费吹灰之力，但这事还是荒唐。所以无论多累，也不管是否（此前）本来约了别人或是有了别的安排，他从不拒绝与她会面。

深夜十点，原则上讲天已经黑了，但一座城市自然是灯火辉煌。他们驶过城市公园，穿过地下通道，下大雨时这里总是积满了水，住在山上的人下来进城就困难重重。这里有城里的游泳池、网球俱乐部和高级宾馆，过了这里就没有房屋了，只剩下森林和通往瞭望塔的路。

“我必须在这儿拐弯吗？”

其实她已经拐了弯。森林里的路不再有照明设备，它很窄，柏油也粗糙，边缘已经破损。她吹了声口哨——汉赛尔与格莱特[①]，然后笑了起来。

“你怎么样？过得好吗？工作如何？”

“挺好，”他说，“我现在又上白班了。”（虽然累，但能睡足，与她约会也不用再牺牲睡眠时间。睁着眼嗜睡地坐在某个湖岸的草地上，看着黄蜂淹死在饮料瓶中，她则在阳光下来回扭动自己那放光的胴体。）这已经惬意多了，除了积攒了更多的加班时间。比如今天，下班前突然来了一帮意大利人，他们只会意大利语。我不得不留下，因为我是唯一会意大利语的。可说实话，我的意大利语也是半瓶子醋，能对付，但并不

① 《格林童话》中《糖果屋》一篇的核心人物。

地道。我说意大利语就像一个根本不会意大利语的人那样，这还是我当年最喜欢的外语呢。

她安慰他说这不怪他，因为他平时没有说这种语言的机会。“意大利人来旅游的少，你最近一次去意大利是什么时候？”

他累得懒得计算。很久以前了，这么说一准没错。“肯定有供复习意大利语用的光盘，可以在上班的路上听。”

话刚出口，他就知道自己绝不会去买这种光盘。无论他干什么，都没有长性。他看了看自己的掌指关节，因为他想起在一次中断了的培训过程中学过切挂面。刀、掌指关节。有机会得看看我还会不会切挂面。

塔出现在右手边，它是由浅黄色木头建成的。一条短短的林中路通向它，就好像黑暗中那里也有两张配有长椅的木质野餐桌似的。她把车停在街上，穿着白色高跟凉鞋走上了黑暗的林中地。她嘲笑自己选的鞋这么不靠谱。过了片刻她的眼睛适应了黑暗，她的脚也觉察出这条路撒有保护鞋子的防护层，所以她不必太害怕会因踩到石头或树根而摔倒。四周的树叶沙沙作响，虽然感觉不到有风，但树冠仍旧发出飒飒声。黑暗的飒飒声，一切笼罩在黑暗中，天空挂着新月。姐姐向天上望了望。她住的地方天空总是很明亮，每年大多数时间都见不到几颗星星。她习惯了这里总是星光灿烂，可今天没有星星，能看到的只有低空的几块白云。

还没走到塔边，她就猜到塔会是关闭的。但他们不能马上放弃，总得试一试。果不其然：关着。木塔、木台阶、铁栅栏门。周围也没有幽静的地方可以坐坐，难道坐到儿童游乐场的木头火车上？坐跷跷板上？她会这么干。假若她说，来，让我们玩跷跷板，那他也会玩的。但他自己是绝不会提出这类建议的。在漆黑的森林里与姐姐玩跷跷板，但她并未提出这样的建议。他们又回到车中，让我们在车里再坐一会儿吧。坐在车里聊天是个不错的主意。

再次问起：有什么新鲜事吗？这次是问她。

一切照旧。她跟丈夫一起开的公司生意不错。也不累，偶尔忙，那是赶活儿。在考虑要孩子，不是因为她想要，而是她身边的许多人都已经为人父母。她本人仍旧还有些拿不定主意。（她害怕生完孩子会变丑和不幸福。但这除了自己的丈夫她没对任何人说过。）

“那你父母状况如何呢？”

她这么问自然是想知道父亲过得如何，但他每次都主要讲述他母亲的情况。她后来也跟父亲离婚了，接着就生病了，在为丧失工作能力得到承认[①]而奋斗，跟另一个男人同居过，又分手了，买了辆车，就是这辆，后来分期付款付不起了，他就把

① 丧失工作能力得到有关部门承认后，可提前退休。

自己的旧车卖了，接手了她这辆车。现在他在养这辆车，要是她想去哪儿，他就开车送她去，但是她不满意，因为他整天都不在家，而在夜里，她那么大岁数的人几乎哪儿也不想去了。

她微笑着。他忘了说父亲的情况，他也从不问她母亲的事。他父亲就是因为自己的母亲才离开了那个女人。姐姐认为她日子过得不错，谢天谢地。她健康，有工作，钱够花，没有酗酒和夜里打鼾的丈夫。唯一不能容忍的事是提起三十多年前跟她离婚的丈夫，要是提起，她就会怒火中烧，我得找个别的地方过夜，她才能平静下来。第二天看见我，她已如释重负。

（“我们会活过他们的。”去年她曾这么对他说。“谁知道呢。”他说。）

接下来说到今天发生的事：我升职了。

“真的？”

这下她立刻兴高采烈起来。手舞足蹈、长发飘逸，全身都放出异彩。升职是好事，前程似锦是好事，或至少“从中得到好处”。抓住机会，利用所有可能性，在现有框架条件下，或是打破框架，创造新的框架。这多好啊！

他根本没有真正理解框架的意思，此前当他听到“前程似锦”这个词时，他就明白这不是自己想要的。他不想当前台领班，领导四个人，多赚一百五十欧元。前程似锦，他听不得这个词。

“我不知道，”他试探着说，“我不知道这所有的精神压力值不值。”

她再次提到所谓的积极压力。“压力也有积极的。”

他点点头：“当然，明白，我知道。”

（业余时间的活动飞快更换：脱下足球球衣，换上衬衫，其他人已经在台球厅等着你，还有一位你初识的姑娘，她也许能成为女朋友。他还在想“姑娘”，其实这些人已经成了妇人，有些已经离了婚，有些有了一个或两个孩子，他从未见过这些孩子。）

“也许你需要更多压力。”她在他身旁说。

他突然怒火中烧，浑身发热。他紧咬着嘴唇，碰到了残留在唇上的油腻的奶酪渣。毫无疑问，我的肤色变红了，白衬衫领子上的脸红彤彤的。三十岁了，头发都开始脱落了。

她并非是个完全不敏感的人，她等着，等他慢慢恢复平静。望着外面的黑暗森林，过了一段时间她才问道：

“你的梦想到底是什么呢？你最想干的事是什么？”

（根本没有梦想。看着日出日落，除了这短短的几分钟，每天剩下的时间他完全不想过。不用吃饭，什么也不用做。睡觉，像个传说中的生物，它睡觉，醒来只为看日出日落，然后再睡觉。循环往复。）

说出来的却是（只是为了不再一味生气，而是能与她继续交谈）：“开个三明治店，就像我们刚才经过的那种，卖烧烤三明治的。”

她自然是立刻欢欣鼓舞，她总是热情满满。一家三明治店，为什么不呢？当然，一家好的三明治店不是他们刚才驶过的那种霓虹灯闪烁的油腻铺子，而是那种意大利式酒吧。有一台高档浓咖啡机，那种每天打烊后得清洗半小时的，因为只有这种咖啡机才能煮出好咖啡。当然还有 Tramezzino①，或像他所说的热三明治，意大利人称其为 Tramezzino 。还有一种里面夹烤过的蔬菜的，叫“夹开胃菜的三明治”。会有少数意大利游客光顾他的酒吧，他可以跟他们说意大利语。时间一长自会口口相传，来过的意大利人会告诉其他意大利人，以后来旅游的意大利人会因为他的酒吧专程到这座风景如画的小城一游，这座城确实值得一看。有朝一日，这座城甚至会与意大利一座同等大小的小城结为友好城市，意大利人会爱上本地的女子，本地的男人也会娶意大利女子为妻，他本人也不例外，而她会有意大利侄女与侄子。

她又笑了起来，由于她的眼睛、嘴唇、脸庞都可爱地发着光，他不再生气，也略露微笑。

“或是你已经有人了？”（一位女人。）

他不再微笑，说：“现在还没有。”

① 意大利语，意为“三明治”。

“可惜。”她叹气道。然后他们俩都想起了一个叫安德烈娅的，她曾做了他七年女朋友，后来在与他分手前甚至订了婚。

她离开了他，因为他上夜班，白天睡觉。他醒着时几乎不说一句话，那少得可怜的他们可以在一起的时间里，他都忙着帮助他那缺乏独立精神的父母，更不用提给父母花的钱，他们总是需要这些钱：买药，请医生出具证明，修缮房屋，买些毫无用处的破烂东西。不提这些陈芝麻烂谷子的事了，虽然都是些棘手的事。如果我们有了孩子怎么办呢？

她当时就说，她能理解安德烈娅的立场。

他说，他迄今仍旧这么认为：作为女伴，这些都是得陪着男人承受的。

无论是什么？无论持续多久？如果永远这样呢？

不会永远这样的。

七年的时间不短。现在已经十年了。这些事都过去了。

（她只想报复他们共同的父亲，因为他在她的生活中不在场，想到这他问：）“咱们能不能聊点别的？”

他们沉默地坐在车中。十秒，也许是二十秒，四周的森林笼罩在黑暗中，天也黑着。

然后突然凭空，不，是从下面城市的方向传来巨大的发动机轰鸣声，伴着刺眼的灯光。一辆大车向他们驶来，他们看到这辆车、它的灯光，它笔直地冲向他们，而不只是向他们这个方向，但这可能是视觉错误，它会从他们身边驶过，哪怕是相差无几和风驰电掣。然而这并没有发生，它继续又快又响地向他们冲来，他们还没反应过来，它就咣当一声巨响撞上了他们的车。直接把他们的车从街上撞开，不是撞向那条通往瞭望塔的林中路，而是撞下山坡。虽然拉着手闸，此外她出于本能还踩住了刹车踏板，车还是在向下滑。幸好他们滑得不太远，一棵树挡住了路，车子撞树后停住了。在他们上方，一辆大型吉普因剧烈碰撞横在街上，依然亮着刺眼的车灯。

司机从车里钻出来时，发动机还在转。他用手遮住眼睛喊道："哈罗？！"但他仍旧站在自己的车旁，没有向他们走来，甚至转身走到吉普的另一侧，在那里打开车门和一个人说话。

"没事吧？"姐姐问她的副驾驶，"你受伤了吗？"

他没受伤，她也没受伤。车门也能打开。

"哈罗？！"吉普车司机又喊。他仍站在刚才的地方遮着眼睛。刮光的脑袋，白裤子，白T恤上印着什么字，就是那种出自书本的陈词滥调。

"您能把车灯关上吗？"姐姐喊道，"把车灯关掉！我们什么也看不见！"

那位光头熄灭发动机并关掉大部分车灯，再次从车里钻出来并喊道：

"你们停在路当中！路当中！没开灯！你们脑子有毛病

吧！黑着灯停在路中间！”

“这就是你能想起来的全部说辞？”姐姐边从鞋里往外倒林子里的土边问，“你看不见车被撞成什么样了？”这时对方才问是不是有人受伤了。

“你们受伤了？”

“看来没有。”

吉普车司机的女朋友仍旧没有下车，她坐在车窗后发抖。吉普车司机打电话通知了警察。

年轻人现在也下车了。他坐的那侧位于坡朝下的一方，他必须扶着汽车才能站稳。他向上摸索，想看看车被撞的地方。那棵树直插入引擎罩，就好像它就是这么长的。报废了，车报废了。

“一切都好吗？”

“明天我得开车上班。”他说。

“你保险了吗？”

“我保险了吗？”他吼道，“你几个意思？我上保险了吗？我？保险了吗？”

他顺着汽车往上爬，手脚并用地向街道方向爬，已经到了路边，并立即向山下跑去。

她喊他等等，吉普车司机也冲着他的背影喊他留在这里，警察马上就来。而他却继续向城市方向跑去，他还能跑得很快，尽管已不再定期训练。下山的路跑上一会儿膝盖就疼了，无所谓。她穿着高跟鞋根本就没机会赶上他，尽管如此，她还是尝试追上他。她也手脚并用地爬上山坡，刚踏上马路，就在柏油路的路沿上绊了一下，找到平衡后，她紧追着他跑了起来。

吉普车司机不知道他们在搞什么名堂。“这是肇事逃逸！你们难道是完全……？”

她的高跟凉鞋跑在陡峭的山路上：有时嗒嗒作响，有时拖拖蹭蹭并不时磕磕绊绊。她一直跑到失去平衡并滑倒，双脚向前滑倒在地。她感到屁股和小腿处的连裤袜撕裂了，皮肤也擦伤了。鞋后跟的后半部更是磕坏了，后跟完蛋了，与此相比，皮肤上的挫伤不值一提。小石子粘上又掉下。她坐在街上——裙子蹿向上面——喊她弟弟，他早就跑没了影。上头那位吉普车司机向她走来，他没有跑，也许他只想帮助她。她坐着把鞋脱了，手里提着鞋站了起来，继续顺着山坡往下跑。粗糙的柏油割着她的脚后跟，但这她第二天才会真正发现。吉普车司机停住了，也许是他女朋友在叫他，不要把她一个人留下，也许是他意识到这么做毫无意义。

她一直跑到下面主街的起点。她不再喊他（他叫彼得，她叫彼得拉，想想这是什么场面吧[1]），因为她已经没有足够的力

① “彼得拉”是“彼得”这个名字的女版。

气喊了。街上灯火通明，却没有人来车往，她把裙子整理好，盖住内裤，手里拿着鞋一直往前走。

她在不远处找到了他，他站在游泳池围栏外。从这儿也能看到一点儿城市，但他没有看城市，而是盯着夜间关闭的游泳池的外部。旁边是网球中心，年少时他在里面打过球，那时他还是个充满希望的网球天才。

他全神贯注地观察着蓝色的水，水呈蓝色是因为泳池里贴着蓝色的瓷砖。他也许甚至瞬间忘记了她的存在，他有一会儿没听到她的声音了。直到她手里拿着鞋站到他身旁，他才看见她。她身后的街上有两辆警车往山上开去。

（你不过是更走运一些，他想。你运气更好，为此自然不能谴责你，但另一方面你也说得轻巧。）

“我可以借钱给你，”她说，“不是巨款，但聊胜于无。”

“没有必要。我可以用我堂兄的轻便摩托过渡一下。”

（骑着轻便摩托看日出。）

“几点了？”

“还没到十一点。”

（还有七个小时。）

“你的衬衫破了。”

（确实。怎么会这样？无所谓，反正已经不能穿了。火腿奶酪三明治[①]。）“无所谓，”他大声说，“不过是件东西。”

他看着她，穿着撕破的连裤袜站在那里，手脏兮兮的。尽管如此，她看上去仍旧充满魅力：会打扮，心平气和。他不生她的气，为什么要生她的气呢。她只是另一类人。（对不起，事实如此。我需要一个与我类似的人。）

“一切都会好起来的，”他说，“我才三十岁，最好的年华还没有到来。”

他是微笑着说的，因为想到在轻便摩托的反光镜中能看到旭日东升，这让他平静下来，从而认识到这里的他们俩根本上就不是一类人，认识到这点后他又可以原谅她了，尽管也没有什么可原谅的。

他说：“我最好还是再上山吧。”

她说：“我跟你去。”

“你不想把鞋重新穿上吗？”

---

① 原文为意大利语。

葡萄牙客栈

DIE PORTUGIESISCHE PENSION

他六点十五分醒来，等到七点，然后给女朋友发了一条短信。

早安，美女！

她没回复，也许正在浴室（她沐浴的画面：她让水只从正面流下，让那长长的金发保持干燥。他眼前浮现出她的长发、腰和臀部，热水令臀部变红……这太刺激性欲，别想了），也许她早就开始忙乎着招待旅客了（为此她得把长发束起，还得化好浓淡相宜的妆容。她的嘴唇涂过口红后显得有点儿严肃，但她的大蓝眼睛总是显得十分和蔼可亲。）

她叫因德拉，他叫马里奥，她不到三十，他三十五岁左右，已开始发福，T恤衫和衬衫逐渐无法完全盖住隆起的肚子。得采取点措施。房间里塞满了家具，他把两把扶手椅往边上挪了挪，腾出两平方米的地方。要是有块垫子就好了，没有，只有地毯和下面的地板。地毯和地板都是古董，两样东西相得益彰。让我们从当今柔道的伸展练习开始：他的肌肉又薄又硬，如同擀毡的毛料，仅靠又短又硬的筋相互连接，这些筋像老旧的绳索一样吱吱作响。能做的动作十分有限，关节与地板比赛着谁发出的咔嚓咔嚓声更大。里面和外面均发出响声，就好像屋子与我的身体一起进行着伸展运动。天哪，这可不行。来点儿简单的吧，俯卧撑，这至少只会让肌肉疼。右胳膊下出了很多汗，它们向手腕的方向流去。他四肢着地，猫式动作，你会做吗？因德拉练瑜伽，她最喜欢的练习是盘腿坐。我们第一次上床之前她曾教过我这个动作，而且就是在这块地毯上教的。这值得一试，他坐下去，把右脚放到左侧大腿外侧。当他试着弯曲小腿时，突然感到了钻心的疼痛，从膝盖经大腿直至后腰。什么地方卡住了，腿既无法继续弯曲，也不能伸直，那种疼痛是他这辈子从没经历过的。万箭穿心，毫无休止。他透不过气来，来人哪，我疼得动不了了。过了好几秒钟，他才向后倒下去，腿彼此分开，腰的下部仍旧处于痉挛状态。

他在地毯上又躺了一刻钟，疼痛逐渐减轻，他才能够站起来。除了运动出的汗，又加上了疼痛流的汗，他身上凡是衣服未能盖住的皮肤全粘上了地毯绒毛。他用嘴呼吸，想象一下，人每天得重新生出自己的身体。

幸好没有造成腰椎间盘突出和撕裂，片刻之后他又可以起身了。淋浴之后似乎一切恢复正常了（小小的余痛仍旧延续了几天）。镜子里头上的鬈发又乱了，特别是它们干了之后。它们是红色的，已经开始变得灰白和稀疏。年轻时我留过披肩发，人们都管我叫睡美人。他微笑起来。

早餐喝一杯加糖、加奶的拿铁咖啡，吃一个巧克力牛角面包，然后去二楼与住一号房间的那对男同性恋者道别。

“你们喜欢这里吗？”

他们带着箱子站在走廊闲聊着，大概每边放着两个箱子，这时那个海洛因婊子住的房门突然打开：

“别这么大声！”

她穿着内衣站在门缝处，但这只有马里奥能够看见一点儿，男同们只能看到一绺露出门外、染成褐色与橙色的长发。

“对不起。”马里奥和男同们说。

头发消失了，门关上了。她在一家酒吧打夏季短工，夜里上班，白天睡觉，先在自己房间睡，然后去花园中的躺椅上睡。她从头到脚晒得呈巧克力色，瘦得像个木乃伊。在她臂弯内侧能看到针眼，她是否真的注射海洛因不好说，但也可能是别的什么，因为她总是神思恍惚。马里奥和男同们的道别接下来是以耳语的方式进行的。“旅途愉快，请把我们客栈推荐给您二位的朋友们。”

他们走后，他仔细听了听，客栈中好像没有其他人在。那对英国夫妇肯定已经出去了，那对上了岁数的丹麦夫妇绝对出去了，还有那位奥地利老师，尽管他昨天在外面逗留了很长时间。他刚退休不久，从此浑身总有使不完的劲。马里奥发现，自己屏住呼吸只是为了在海洛因婊子的房门前不要弄出太多响声。这有点矫枉过正了，他出了口长气，走进了男同们的房间。

一号客房光线最暗，但也是最大的房间，里面摆放着两张双人床，他总是为同性恋者提供这间房，结果只有一张床被使用过。绣花枕头上还留着他们的脑袋留下的印记，这绣花的亚麻枕套还是他母亲收集的，根据上面的花押字可知，它曾属于一个名字缩写为 A.J. 的人。床本身是新文艺复兴式样的：由橡木制成，配有很多雕刻。其中一张除了植物元素，还有带翅膀的裸体小天使和小天使头像，另一张在床尾中部可以看到一个上了岁数的男子的头像，他正狞笑着向下张望。如果客人足够开放（即：他们看上去有最低限度的幽默感），马里奥会向他们指出两张床的区别，然后每个人可以根据自己的好恶慎重进行选择。男同们自然选择了有裸体小天使的床。他们二人的爱必须很深或是新欢，要不就是他们对卧具的要求不高，因为床很老，因而尺寸也不大：既短又窄，毕竟当时的人身量较小。

雕刻的凹陷部位的木头颜色较暗，是因为卫生打扫得不彻底，那里积存了浅灰色的尘土。租住在此的女佣干活差劲，洗涤和烫熨还行，但不会打扫。她说她打扫得像在自己家中那么彻底，但这种老家具根本没法打扫。除了别的东西，马里奥为她买了一把专门用于清洁家具的刷子，这刷子现在在她那儿。她没明说，但她绝不会用那把刷子一连几小时地清理他那些古怪家具的装饰性雕刻。他拿起男同们用过的一条毛巾，尽可能地擦掉雕刻中积下的灰尘。然后他换下床单被罩，连那张看上去没用过的床上的也换了，谁知道他们是不是用过呢。

女佣住在三楼，他把床上用品和毛巾运到楼上她住的地方。她没在家，于是他把装着待洗物品的袋子放到她门槛那儿。得记着给她写张条：请不要在今天挂晒。此外还有刷子的事，最好还是亲自跟她说。

反正他已经来到这一层，那就顺便听听那两个中国人在干吗，他们据说是同事，租了女佣对门那套最小的住房。什么也听不见，上一次见到他们是什么时候？他有点担心这两个中国人，担心的缘由主要是他自己的想象。他们只说是同事，实际上他们是恋人，并在此同居，因为他们在家乡不能这么做。因此他们看上去就总是那么悲伤，或者说三周前他最后一次看到他们时，他们曾是那么悲伤。他们或是同居，或是休假，一起休假。无论如何都与你无关，重要的是他们付租金。（如若他们永远消失了，也会永远付租金吗？这种事也时有发生，你又做梦了。）

继续，经过自己的住房走上阁楼。其中一边是晾衣房，另一边用来存放家具。我五岁时第一次被允许一个人在阁楼上玩。（那时我父亲已经五十岁。如今我才知道这意味着什么。）夏天站在这里，晾晒的床上用品散发着清香：令人神清气爽。看着绳子上挂着的床上用品随风飘荡，炎热的夏日里，它们两个小时之内就晾干了。八月时，床上用品每天都换，现在为长期住的客人一周换两次。

母亲负责置办客栈的床上用品，父亲负责收集家具。他对新文艺复兴式家具情有独钟，橡木的大家具，上面有很多雕刻装饰，有时也有核桃木的。走廊里的一个橱柜上饰有狮子头、龙和带翅膀的裸体小天使，后者在吹猎角。他在橱柜前坐一会儿，想象带着小天使去猎获狮子与龙。另一件他最喜欢坐在前面的东西是收藏品中最小、同时也是最珍贵的：一个小床头柜，全部做旧并镶嵌着象牙。柜门中部的画上可以看到维纳斯、战神玛尔斯和爱神阿摩耳①。他父母总说“艾摩耳”。很多年以来，他一直以为他们从前在学校就是这么学的，但最近他不得不暗自承认，他们是念错了。他们是和蔼可亲的规矩人，可他们不知道这个词应该念“阿摩耳”。

如果自己不会修葺，那古董家具就不是一项合算的投资，但我们并没有投资古董家具，只是收集。直到最近，马里奥才狡猾地想在交税前假装想要做古董家具生意。他自己收集的基本是他律师事务所的办公设备：一张狮爪写字台，一个书柜和

① 罗马神话中的小爱神，亦常被称作“丘比特”。

一张配有八把宝座式样高靠背椅的会议桌，其中两把带扶手，六把没扶手，靠背部分有雕刻，椅面包有红丝绒。在某些上午，他一连几个小时摆弄着写字台抽屉上的钥匙，或是在大会议桌前从一把椅子换坐到另一把椅子上。有时（每天至少一次）他把脸贴到写字台上的绿色皮革饰面上。他自己也认为这有些过分，但他欲罢不能。就像儿时的迷信游戏：你必须这么做，每天至少一次，否则不知道会发生什么事，任何一种可怕的事，或者至少迄今为止（你生活中）运转正常的东西会失控，而迄今的一切都不错。我有过幸福的童年。

新文艺复兴风格的办公室不常见，他们三位律师对此都很庆幸。后来他又买了两套办公室设施，一套是西班牙风格，另一套是装饰艺术风的（这其实才是**我的**风格），他把它们暂时放到阁楼上。然后他为自己的住宅购买了家具，也买得太多，剩下的同样放到阁楼上。当他把父母的房间改造成住宿加早餐客栈并扩建中国人住的房间时，他使用了其中部分家具。自己住房旁边小房子的房客搬走后，他把那里也改装了。他放了一张四柱床进去，柱子是车出来的，还有一个梳妆台，那里变成了一个漂亮的女士住所。功夫没有白费，他就这样认识了因德拉。

他好长一段时间没有再买家具，库房里太满了。许多东西就像运来时那样堆在那里，没有组装，只是一些编着号的木板。编号用的是家具制造商常用的那种给组件编号的粗铅笔。

出售前得把它们组装起来，可没有地方组装。必须把已经组装好的先运走，主要是柜子、床和十字架苦像[1]。都是生活日用品，谁买了床，会获赠一个十字架苦像。今天三点会来几个商人，四年来早就该交遗产税了。

他是父母高龄得到的唯一的孩子。尽管如此，他还是没有想到，自己不到三十岁就会失去父母。父亲去世时七十六岁，母亲甚至才六十七岁。为什么她在他去世后两个月就死了，而且不是因为生病？这真是令人费解。

都赖你。你，因为她为你腾出一层楼办了一家律师事务所，然后你坐在那里，把脸贴在写字台绿色皮革饰面上，思索着自己如何能在被谎言杀死前逃离那里。因为你喜欢扮演律师的角色（在此之前你是个好学生，但总是感到：我什么都**知道**，就是**搞不懂**），事实上所有那些需要死记硬背的东西都让你倍感无聊，只要你一走进这古色古香的办公室，马上就无法集中注意力。而这女秘书又是多么难缠！在员工们面前还得装着在工作。中午以前都不能离开这昏暗的办公室，然后享受一个长长的午休，就好像这事关体面。穿着既优雅又时尚的西服信步走入常光顾的餐馆，吃那里供应的饭菜：该店自制的意大利细面条，浇的是松露柠檬黄油汁，喝的是加矿泉水的白葡萄

① 即呈现耶稣被钉死在十字架上的图景像。

酒，饭后再来一杯浓咖啡，然后就该回去了。确实也有客户来，涉及法律的私事，这没人能够避免，我们恰恰以此为生。都是些无法避免的令人无聊得能发疯的事。我的儿子，不然你还想做什么呢？（亚瑟王在大圆桌旁问，其他骑士均同情地保持沉默。）我想（不做骑士，而是）当花花公子。我想整天做我现在晚上做的事。我知道这是一种轻浮的愿望，它无法带给人荣誉，没有一个靠谱的人会支持我这么做，虽然他们也很爱我。他甚至不敢设想去进行一次环球旅行，这个念头也来得太晚。他一直努力扮演一个好儿子，既聪明又勤奋，所以在想好还能做什么之前，他就开了一家律师事务所。开了事务所后马上去环球旅行，这自然行不通，不是这个顺序。有一天他突然明白了，父母去世后他才会自由。父亲不久后就死于心梗，当时父母正在海边的度假屋。他还能想起当时是怎样陪伴母亲返回的，他们驶往日落的城市方向，当时他是幸福的。他在这里生活在一位女人身边，他爱她，她爱他，她现在成了寡妇。以前不可能的事，现在都更有可能了。

在这种情况下，他比以前更加卖力地扮演着能干律师的角色。他佯装很忙、值得信赖，此外还颇殷勤。他每天都去看望母亲，关心她的所有事情，不让她独自去自动取款机取钱（以前他们老两口也总是一起去取钱，为了安全）。当他刚开始为自己的不真诚——这种做法不仅把自己，亦把母亲赶入一个黑暗的鸟笼（她需要现金去理发时，若必须请我陪她去取款机取钱，这就过分了）——感到气愤时，母亲就去世了。女佣在打扫卫生时发现的。她在我之前发现了我死去的母亲——这也令他耿耿于怀。

这事已经过去四年了，他把父母的住宅改造成一家客栈，用上了所有库房里能找到的东西。您忘记了得交遗产税吗？

他确实忘记了，但一个学过法律的律师是不能承认这一点的。税务局负责他的事务的女士叫瓦姆布特①（怎么会有人叫这种名字？），这个人还算好说话。

“问题是，瓦姆布特女士，这房子必须得修缮了。”

“好，可能是这么回事，但我们谈及的遗产税涉及的是未修缮前的老房子。”至于他在以后报税时是否以及如何让修缮费得到承认，到时候再视情况而定。

“我懂了。”马里奥说，然后他去了银行。那里的女办事员叫泽瓦尔德（或是瓦尔德泽？），她向他索要最后一次纳税申报时的收入证明。那是四年前了，所以他再次回到税务局找瓦姆布特女士。

“瓦姆布特女士。”腿短的他边说边跷起二郎腿。他长着红鬈发，穿着白衬衫，他能迷惑住瓦姆布特女士吗？显然不能。她很友好，不知为什么我想她是喜欢我的，尽管她不可能

① 原文为“Wambut”，不是德语常见姓氏。

是我的母亲，却用母亲的口吻与我谈话。“瓦姆布特女士，我们能怎么做呢？事情是这样的：没有现金。”

“我能理解，阿马德奥先生。如果照您的说法，家具一直没有出售是在等待更好的市场状况，那您的律师事务所呢？为什么律所也只有支出，没有进项呢？”

“那是因为我目前没有开业，而租了我的事务所的两位同事刚刚递交了辞呈。（那可以说是两个混蛋，他们相处不好丝毫也不奇怪。他们突然就放弃了联合事务所与办公室，我第二天早晨走进办公室时，地球仪躺在地上，那还是我父亲 1944 年买的呢，那上面的波西米亚和摩拉维亚还属于德意志帝国呢。地球仪已经摔得粉碎。我打电话能找到的其中一人装傻充愣，说他离开办公室时地球仪还好好地立在办公桌上呢。）现在我正在跟一个新的有兴趣的人谈判。”（这甚至属实，她的名字叫卡米拉，我们是大学同学。记住：打电话，继续跟进。）

“那您的客栈呢？”

“那不是客栈，我只是出租房间和两套住宅。”

“您也在那里提供膳食吗？”

“早餐。”

“鱼、沙拉、牛排、酒？”

“有时，还没有人抱怨过呢。”

“一般来说，人们会认为您出租房屋的收入必然够维持生活，但您的各种投资最后的盈利却入不敷出。”

“正是这样，我的日子也过得去。”

“暂且不说您既未付遗产税，也没付其他任何税。”

瓦姆布特女士和蔼地向他解释，如果他不付税，可以冻结他的账户，甚至最终强制拍卖他的房产。幸好瓦姆布特女士不是那种充满乐趣地拿他开刀的女公务员。她本可以独自置他于死地，但她似乎不屑于以这种屈辱的方式教育他，她感兴趣的结果是双方都能过得去。所以她建议马里奥，作为良好意愿的体现，他第一步应该先出售其大部分家具。接下来再看还可以做什么。（还有，就咱俩说说，您不要把自己的食品开销记在客栈的账上。不要再这么做！）

商人们就是为此而来的。

这时已是十二点了，得抓紧去买东西。出租的房间是带早餐的，开始他认为这不是事，人们肯定不会吃得太多。结果房客们吃得很多：每天一包黄油。此后他只买能长期存放的牛角面包，人造黄油和便宜的果酱，并往冰箱里放一瓶可长期存放的脱脂牛奶。此外还提供速溶咖啡和袋泡茶，不过还没有人抱怨过。

那家超市是个大型超市，里面的服装、玩具和电子产品看上去都很廉价，肉与鱼却如同画出来的一般精美。（这有什么呢？我亲眼看到，塑料包装虽然廉价，鱼看上去可不错。）也有蜗牛，这是因德拉最喜欢吃的。或者说，至少我们是因为吃蜗牛关系才近了一步的。那是下了一夜雨后的一个早晨，内院草地上出现了蜗牛。他曾吹嘘过知道如何烹饪蜗牛，当然不是这里这种，而是克里特岛上专门饲养的那种，用玉米面和百里香喂养的。嗯，好吃，她说，而他则已经沦陷。一个不觉得蜗牛恶心的女子。第三天他敲了她的房门，让她到自己的厨房来看蜗牛，这些蜗牛从头天下午就浸泡在加了葡萄酒的肉汤中。她往后甩了甩自己的金发，接着嘬了嘬手指，然后用面包擦了擦手指并把面包吃了。面包还在嘴里没有咽下去，她就喝起了葡萄酒。那面包除了被酒浸软，上面还有百里香、大蒜和橄榄油的味道。她的嘴唇在葡萄酒杯上留下印记，大长腿在桌子下伸展开来。她比他高八公分，这也不新鲜。你完全可以穿高跟鞋，出门时他对她说。我甚至恳请你穿，穿高跟鞋的女人几乎和光脚用脚尖走路的女人一样美丽。然而他们出去的时候不多，她经常出游，偶尔在家的时候她更愿意宅在家里，吃他做的东西。有一次他们去跳了探戈舞，但她嫌出汗太多。

蜗牛、葡萄酒和面包。午夜时还一起吃饭，然后澡也不洗就去睡觉了。是的，我蛮走运的。

他买完东西回来时，那袋待洗的床上用品还在女佣的门槛前放着。（这是否意味着一号房间的床还没有换上干净的卧具？是的，没错。）他用左手提着所有的购物袋，用右手拎起那袋待洗的床上用品。他刚把所有东西放好，楼下就响起了门铃声。一号房间的新客人到了，这是位特殊的客人，每位客人都是特殊的客人，但这次名符其实，因为来的是位葡萄牙女子，也就是一位女同胞。他喜形于色地迎接了她。（可惜我的葡萄牙语听上去不那么好了。或者这只是一开始的困难，等一会儿舌头习惯了就好了。）她也很高兴，同样春风满面。由于背着一个橙色大背囊，她显得很娇小。这是事实，她明显不到一米六五，短发，睫毛很密。像常见的那样，身上有多面性。漂亮得像个模特，结实得像块花岗岩，那是因德拉。这个小女人是一所商学院的毕业生，所谓年轻的女经理，在正式工作之前正在周游世界。一个人？一个人。他带她去看了床（带翅膀的裸体小天使和狞笑的老男人），这是我们家收集的家具。可惜床还没有换好卧具，我马上就换，一分钟的事。还有第二件他觉得抱歉的事，即明天她得换到丹麦人住过的房间去，那间房比较小，这间要住进一对新的男同。这对她来说都不是事，她还年轻、灵活。对了，我是在这儿出生的，但我父母和祖父母都是葡萄牙人，我也会点儿葡萄牙语。她说他说得不错。

这里是花园。

一小块四方形草地，种着夹竹桃、龙血树、无花果树和栽在盆中的橄榄树。两把日光浴躺椅，其中一把上不出所料地躺着那个海洛因婊子，她掀起脸上盖着的草帽，好看看谁又在那儿说话。（虽然盖着草帽，她的脸却和全身其他地方一样晒得黑黝黝的。）

“你看上去不错，亲爱的！”他冲她喊道。

她受到恭维，坏笑着又用草帽遮住脸。

他冲年轻的女经理挤了挤眼。这位叫阿德利亚，一个很漂亮的名字。

阿德利亚的到来让这个忙忙叨叨的日子在一定程度上又恢复了平静，这是一个能给人抚慰的年轻女子。马里奥轻松愉快地走出客栈的大门，在门外楼梯上碰上了因德拉，这下他的情绪更为高涨。

“宝贝儿！”

“哈罗。”

她看上去情绪不好，肩上背着一个大皮包，里面有纸张露了出来，手里拿着一颗毛茸茸的红色心脏。

“这是给你的。”

一颗毛茸茸的红心。

是的。

（是她专门买的？她？一颗毛茸茸的红心？还是某家旅馆赠送的小礼物？无所谓，她给我带来了。）此外她又头疼了。

“跟我上来，我给你煮咖啡……意大利式还是法式？”

“哪种快就哪种吧。”

他烧了开水，把咖啡粉装入咖啡机。她着急地忽闪着眼睛望着他，迫不及待，但仍旧克制着，一来是她学会了克制，二来煮咖啡的过程反正也快不了。她拿着咖啡杯到水龙头那儿，往咖啡里加了凉水，以便能早点儿喝到嘴里。五分钟之内她把一壶咖啡都喝光了，虽然只是个两人份咖啡壶，也够厉害的。

“要不要再烧一壶？”

“好的，你有糖吗？”

这次她喝得稍微慢了一点儿，并加了糖，还吃了一片止疼片。

“你应该再喝点儿科涅克白兰地。”

“不行，我在带团。”

可她还是喝了一杯。

“好点儿了吗？”

“我真想再来一杯，但再喝就醉了。希望药片马上起作用。”

“真可怜。”

他微笑地端详着她。她看上去筋疲力尽，显得比实际年龄要老，现在我们俩般配了。她穿着半高跟的黑色轻便女鞋，肉色连裤袜，她必须这么穿。

坐在椅子上不方便拥抱。他先握住她的手，手冰凉的，还有些汗。“你的手出汗了？”

“你不舒服吗？”

只是瞬间不太舒服。中间跑过来时很紧张，完全没有意义，一来半小时，一回又是半小时。

他吻她的手。

她叙述着自己所带的那个旅游团的行程：今天早晨、下午、晚上；明天早晨、下午、晚上，后天早晨离开这里，她陪他们一起走。

“你什么时候再来？”

“周三。”

“晚上来吃饭吗？我买了蜗牛。”

“我不是刚刚告诉过你，我得陪游客们吃饭嘛。还有二十分钟，我冲个澡。”

她站起身，没有去浴室，而是向门口走去。

“你不在这儿洗吗？”

“不，在我那儿……你为什么跟着我？想干吗？”

“你不是说我们还有二十分钟时间吗？”

“那又怎样？”

“我只是说说。”

“行了，我就不能只是冲个澡？真的，我跑到这儿来，像个可怜的疯子，错过了午饭，头痛欲裂。我真想像有的人那样，无论怎样都能满足所有人的要求，不让任何人受亏欠，可我不行，真不行。对不起。”

“没事。”他边说边让她回了自己的住处。门在她身后关上之前，他还问她是否愿意至少在游客们睡着之后再来这里一趟。

“我看吧。”她说，门已关上。

“我等你！”他隔着门喊道。

她走前又敲了敲门，他们吻别，然后家具商们就到了。

来者是他邀请的三个人中的两个。

其中一个人五分钟后就离开了。

另一个没完没了地看。

这些家具已经拆开了，他说。

是的，运输时必须拆开。

但也有不少东西是无法拆卸的，比如这位家具商感兴趣的床。

他说其实这床他可以买给他女儿，当然得找人整修。

有什么可整修的？

这儿，床沿下部离床腿不远的地方，这里的胡桃木表层有小瑕疵。他还了个价，是原价的十分之一。（这在预料之中。哪怕一切顺利，卖出的价钱也很少能达到原价的一半。尽管如此，如若请三位家具商，你自然希望他们彼此竞价什么的。）他们讨价还价一番，最后商定的价格是批发价的四分之一。这对我毫无帮助，但大概总得从什么地方入手。没有底线：买给他女儿，这么蠢的说辞。接着他还厚颜无耻地问能否再送一个画框给他。我为什么没拒绝他？因为我害怕遭到拒绝之后他会连床也不买了。他立刻拿走了画框，两个小时之内有人来搬床。他付了一百块钱定金。

在等运输人员时，马里奥把蜗牛煮上了，还洗了卧具并把它们晾上了。搬运家具的人会看到晾着的卧具，那又如何？女佣在哪儿？也许去休假了？她也没跟我打声招呼，太不像话了。她虽然不是我的雇员，却向我提供服务，洗衣和清洁，而这一切都是黑工，不能再这么干了。我应该能把付给她的钱在报税时当作开销扣除，否则我们俩都会有麻烦。（当然他的麻烦会更大，可这位女佣也许不明白这些。不一定：谁知道呢，她不聪明，但狡猾。）

搬运家具的人早早就到了，而且明显在赶时间。他们急冲冲地上了楼，就好像过了今天就没明天了似的。马里奥听不懂他们互相说的话，只见他们径直把挡住他们路的家具组件挪开了，这些已拆开的组件本来都是编好号的。

“慢着，慢着。”马里奥说，可他们拿他的话当耳旁风。其中一个人身上弥漫着浓浓的洋葱味，令人不由得担心起刚刚洗好、散发着清香的床单与被罩。马里奥给那家具商打了电话。

“您的人在这儿可添了不少乱！”

家具商说他马上就到。

整个通话持续了不到一分钟，可那些苦力搬运工在此期间已经在床的四周绑好了搬运带。一点也不讲究，但人家至少是专门干这个的。马里奥挂断电话时，他们已经在楼梯间了。他刚关上身后阁楼的门，就听见下面传来咣的一声，接着是喊声、骂声和更大的喊声。

出了什么事？

一条搬运带滑脱了，还是一个搬运工绊倒了，他一直没弄清，因为他们连说带喊用的都是家乡话。那床横卡在二楼和三楼之间，前面的一个角撞进了墙里，一条后腿别在了楼梯扶手的两个立柱间，另一条腿已经碰断，躺在地上，但马里奥后来才看到。当时他光顾着看其中一位搬运工了，这位蜷缩在位于通往客房那扇门前的床下为自己的手呜咽，那位没有受伤的在打电话，可能是在叫救援。马里奥爬过床架，那只受伤的手看上去很严重，挤压得有些变形，一道伤口正在往外流血，同时还肿了起来。他的掌骨看来是骨折了。

“太倒霉了，”马里奥说，“您等一下，我去给您取些冰块来。”

到底还有没有冰块了？冰袋呢？冰格有没有灌满？这些都是未知数，也许至少还有冰豌豆。

什么都没有。他找到了冷冻的肉、鱼片和西兰花。没别的办法了，他拿起西兰花往受伤者身边赶。他听见他们在下面的楼梯间喧哗，似乎在诅咒，也许只是一个人在安慰另一个人。还有一个人的声音，这是那位家具商，他终于来了。

当他再次来到床边时，搬运工们已经不在二楼的楼梯间了，听声音他们正在从底层离开这幢楼。

“嘿！”马里奥喊，“嘿！”

“我在这儿！”家具商回应道。

他慢悠悠地拾级而上。马里奥站在床架中，手里举着一包西兰花，冰得他手生疼。

家具商噘起嘴吹了声口哨。

“这怎么回事？”

“不知道，我不在场，他们像被狼蛛咬了似的一路狂奔。他们还有别的事还是怎么的？”

“现在没有了。”家具商说。

一阵沉寂。他掏出电话说，一切都好，不必恐慌，他会重新安排运输。他转过身去打电话，说得很模糊，以致马里奥什么也听不懂。

“很抱歉。”家具商说。他弯下腰，又直起身，手里拿着那截断了的床腿。

“这事不该我负责，”马里奥马上说，“这些人是您的搬运工。”

“是的，没事，”家具商说，“马上会有人来。”

手里拿着床腿，他看上去似乎在琢磨，是否该把床腿塞进外衣口袋里，后来他还是把床腿放在了一级台阶上。

“一切都会好的，对吧？”

说着他就走了。马里奥还站在床架中，手里举着西兰花：“嘿，您等等！”

“别担心！”或是家具商从楼下喊着类似的话，然后门就在他身后关上了。

我能做什么呢？阻止他离开？我没有权利这么做。

家具商走了，床还卡在二楼和三楼之间。如果女佣回来，她得钻过床架才能进屋。她若是拿着箱子，或者买了东西，再或者带着她母亲，那她一定会怨天尤人。

还有中国人，要是他们现在正好回来。（我对自己的运气了如指掌……）

二楼的房客们不受影响，除了他们能看见这张床。

那海洛因婊子念叨地走出了屋。已经这么晚了，她得去上班么？五点半。海洛因婊子往上瞧了瞧，看到了那张楔入墙壁的床和站在床架间的马里奥（毕竟这时他已经把西兰花放下了）。她说了声“嗨”，接着就像什么也没发生似的走下了楼梯。

马里奥试着一个人移动这张床。他并不笨，没有站在床的下方，而是站在其上方往上拽。当然不行。他爬过床，来到街上，东张西望，似乎期盼着新运输队能火速出现。

既不快，也不慢，街上驶过的只有下班的车流。

他给家具商打电话，那位根本不接。我马上就要脑溢血了，这混账是要干吗。他盘算过，然后把那床腿又放下了。报废了，一堆废料。找人整修，以批发价的十分之一卖给某人，让他能够整修。还有那墙！

可不能顶着额头上被愤怒的汗水黏住的发卷，气呼呼地站在门前诅咒，要是被客人们看见呢。所以他振作起来给自己认识的搬运工打电话，这些人平常会帮他把家具搬上阁楼。有人接了电话，但他说正在去看比赛的路上。

“什么比赛？”

“当然是足球喽。”

为了看一场足球赛，居然推掉一单生意。

显然如此。

不可理喻。这些人头脑简单，有时简直令人无法理解：他们如何生活，他们如何思维。去看比赛。把别人的床扔下楼梯，然后就逃之夭夭。这样的生活如何才能掌控？得想个主意。也许瓦姆布特女士有办法？

这时年轻的女经理阿德利亚走了进来，当时他报损叫来的两位警察正收拾起相机和记事本与他道别，准备离开。床自然还在事故发生的老地方，警察不管清理的事。

阿德利亚富于同情心地打听出了什么事，他讲了家具商、其帮手和自己的搬运工的可耻行为。

“您需要帮助吗？也许我们俩可以试试把床搬开？”

“两个人不行，何况您还是位女士。”

但他们还是进行了尝试。

“如果我们试试，那您就去上面拽，我从下面推。”（我毕竟是个男人，这里的房主，外加这倒霉的一天的该死的主角！）

他推、她拽——那床纹丝不动。

这时那位退休教师回来了，他很瘦，而且六十多岁了。可他出人意料很有劲，现在他们俩一起推，床确实向上移动了。墙上留下一个大洞，楼梯栏杆也被撞坏，女经理的脚踝还差点儿被床架压住。但床架不再卡住以后就轻多了，他们齐心协力地把床搬回了阁楼。

“这么多十字架。”阿德利亚说。

“是的，我觉得一张老床上方就该有个古老的十字架。”

“您信教吗？”

“信。”

"我祖母墙上还挂着一把圣水壶。"那位奥地利老师说。

"没错，我祖母也有一把。"

"我的也有。"

三个人微笑起来。

他请他们到自己那里吃晚饭：蜗牛、面包和酒。（因德拉会理解的。）"这是我至少欠你们的。"

他们说还要去跳探戈。

"一起？"

是的。

他知道那老师会跳探戈，可阿德利亚也会吗？

她第一次跳。

"你们倒是迅速成了朋友。"

那老师坏笑着。

"也可以先吃饭，再去跳舞。"

这是实话。

特别是蜗牛，那老师这辈子吃过几次了，可阿德利亚还没吃过。

蜗牛在汤里煮得正到火候，现在它们成为了一道佳肴。说实话，我还从未做过如此成功的蜗牛呢。

现在又是可以预料的有关蜗牛的闲谈：什么地方的，味道如何等等。

这次马里奥的做法与平常有什么区别吗?

根本没有，一切如常。

奥地利教师寻思着，蜗牛品质是否也有年份的不同，就像庄稼的收成有大年、小年之说。

肯定有。

阿德利亚作为葡萄牙人怎么会没吃过蜗牛呢?

就是一直没机会吃。

谁在小时候吃过什么。

周末的早餐有焦糖布丁，度假时马里奥和阿德利亚都吃过焦糖布丁。

老师讲述了丹麦人给他讲过的事。虽然丹麦有那么长的海岸线，可丹麦人更爱吃猪肉。

这老男人和这年轻女人又能吃又能喝。阿德利亚喝不带酒精的饮料，那奥地利人正相反，第一瓶葡萄酒已经喝得见了底。他们边吃边端详房间：家具、周围墙上的画，展示城市旧貌的图片，里斯本在1755年大地震前后的样子。

“这是什么？”

“我们家的家徽。”

“你们有家徽？”

“是的，四个组成部分分别是四个祖辈家族的标志，我祖父为自己选用了他们的名字。十字和五颗星则分别是宗教象征。狮子和长着树的山代表着力量、勇气、稳定和地产。王冠表示有权利嫁入王室。”

“哇哦。”阿德利亚赞叹道。

奥地利人扫兴地说：“如今可以随便在网上定制家徽。”

“当然，一直如此。您想要个家徽，就去定制。这位我说过，是我祖父。”

“过道那儿挂着的那位律师画像是你本人吗，还是一位同名的亲戚？”阿德利亚问。

“是鄙人。”

“律师和房东？”

“为什么不可以？所有令人开心的事都可以做。”

“作为男人我一直想知道，”退休教师转向年轻女经理问道，“您是位年轻女子，请告诉我到底是怎么回事——在选择伴侣时男人的职业很重要吗？您是更愿意与一位律师还是一位店主来往呢？”

（这家伙。）

“这个嘛，”阿德利亚说，“我母亲说过：选一个不辱没自己的人。我祖母还说过：到头来全一样，女人最后总是伺候人的。从这两点出发，我会说，选伴侣时职业不是最重要的因素。”

“外貌呢？”教师继续问。

（一再令人愕然的是，愚蠢的白痴居然能够混入各行各业。）

桌上的东西现在都吃干净了，可他们丝毫没有要走的意思。马里奥道声对不起，微笑着走进了厨房。他几乎把冰箱中的所有存货都拿出来了：香肠和奶酪，甚至还有一个碗里的五个橄榄。他把它们摆放在一块木板上，然后给因德拉打电话。他压低声音，她那边很热闹，但她也试着小声说话。

“什么事？”

“没事。我只想告诉你，我们刚刚把你的蜗牛吃光了。”

“你说什么？谁干了什么？”

“两个我的客人。你的蜗牛。我请他们吃了饭，他们帮了我的忙。”

“帮忙，帮什么忙？”

“三言两语说不清，回头我告诉你。”

“马里奥，怎么了？你喝醉了？”

“也许是微醉。你一会儿过来吗？蜗牛都没了，对不起，可我还在。”

“马里奥，我不是告诉你了我不来吗？我在这儿陪客人们吃饭，然后我回自己房间睡觉，我的头还在疼。而且你还喝醉了，对不起……”

“喝醉了太夸张了……”

“无论如何，你高兴就好。我好了再联系你，好吗？”

“好，”马里奥说，“我想念你。”

马里奥与他的客人把奶酪和香肠也吃光了，又喝了一瓶葡萄酒，酒精的作用在老师身上显而易见，尽管如此，他们还是去了探戈酒吧。埃米尔（那位奥地利老师）一旦计划做什么，就势在必行。他们就那么去了，老师脚穿凉鞋，阿德利亚穿着牛仔服和体操鞋。马里奥犹豫了一下，是否该跟他们一起去，然后又不知道是否该请他们等他换件衬衫。后来这两件事他都做了，穿了一件新的白衬衫和一双黑鞋。

经过墙上的大洞和楼梯扶手上的断口时，他觉得它们十分巨大。这令人痛心，就好像是自己的肉被划破，这些加起来让我受不了。他头晕起来，希望不是蜗牛变质了，只要有一只蜗牛坏了，就会食物中毒。

下面街上是刺鼻的汽车尾气。倘若风向不佳，街角加油站的气味一直能传到这里。这是区位劣势，三十五岁，卖房子的收入够我后半辈子用的吗？其实迎接客人和换卧具确实是我最喜欢做的事，而这个阁楼就是我的家。家具必须卖掉，瓦姆布特女士说得没错。

瓦姆布特女士边笑边点头，她和一位男士在这里，或许是她丈夫，但这自然难以判断。瓦姆布特女士坐在吧台前的高脚凳上，穿着黑色探戈鞋的脚在晃动，那男子站在她身后。她穿着一件黑白相间的衬衫，配一条黑裙子，毕竟没穿网袜。

“瓦姆布特女士！您怎么在这里？”

瓦姆布特女士边笑边点头，此外并没说什么。马里奥继续快步往里走，站在一个他能看见她，她却看不见他的地方。瓦姆布特女士和她身后那位男子继续留在吧台边。我会看到她如何跳探戈吗？请她跳？这肯定是个非常蠢的主意。此时那位奥地利退休教师正在跟年轻的女经理跳舞：她跳得不赖，他看上去却像只巨型蜘蛛。抢别人舞伴不是优雅的做派，可再说了，他又能把我怎么样？马里奥走过去邀请阿德利亚跳舞，那退休教师本不必将舞伴让给他，可他愉悦地这么做了，他脑袋上冒着汗慢步向吧台走去，也就是瓦姆布特女士坐着或坐过的地方。马里奥不往那边看，他拥着阿德利亚的上身，就像人们在跳探戈时所必须做的那样。她略显僵硬，但总的来说还比较好引领。他们把那一曲跳完，然后又跳了一曲，此后她也想喝点饮料。瓦姆布特女士和她丈夫已经不在吧台，阿德利亚依旧只喝水。

这时看手机是不礼貌的，但他仍旧这么做了。因德拉给他发了条短信。

“对不起。”马里奥对另外两位说。埃米尔笑着点头表示理解。

“我站在你的门前，”因德拉在短信中写道，“你在哪儿？也谢谢你，让我万分疲惫地穿过全城，混账东西！”

马里奥从房间的另一侧向退休教师挥手示意他必须离开，然后他就开始奔跑起来，边跑边给因德拉打电话。

“我马上就到！”

“好啊，可我已经回酒店了。”

“那你再过来嘛！我五分钟之内就到！十分钟之内！”

“你异想天开！我已经睡了。而且你以为我是什么？我整宿为了你在城里跑来跑去！”

“那我去你那儿！”

“你别做梦了。你不能来这儿。”

“那你来我这儿！”

“难道你没听我说什么吗？我说：不！没有讨价还价的余地。”

“你从来都不在，总是在路上，总是陪你的游客。人也得有点私生活嘛！”

“我今天去了你那里两趟，你还想怎样？”

“对不起，是我不好。但也不能赖我，今天就是诸事不顺。”

她不再说话。他还在奔跑，电话中能听见他的喘气声。得说点什么，可说什么呢？

“你听着，”她说，“这样下去不是个事。”

（说点什么。但他想不起什么可说的。）他跑啊、跑啊。从街角就能看见房子了。

“你能……？你能不能停下来啊？你跑着我没法说话。”

“好。”

他停了下来。

“我站住了。”

用手撑住膝盖，不断喘气。那儿就是房子了。

“我站住了。”

“你听着，”她说，“对不起，我本想亲自对你说的，不是通过电话。周三我不会来了，周三不来，以后也不会来了。就是无法继续了，我们，我们的生活方式……这只能带来压力，没有别的。我们最好终止……哈罗？……你说话啊？”

他什么也没说。他挂断了电话，手里拿着电话回了家，可她没有再打来。

他上了三楼，毫不犹豫地进了屋。一张四柱床、一个柜子、一张梳妆台和一个五斗柜。没有留下什么私人物品，浴室中也没有。她是今天把东西拿走的，还是这儿早就没有什么东西了？那女佣肯定知道，因为她也打扫这里的卫生。女佣什么都知道，可她不在。

他躺进她的四柱床。她不在的日子，他让人每周更换一次她的卧具；她在的日子，他每周两次亲自更换卧具，尽管她不睡在自己的床上，而是睡在他那儿。

他站起来回到自己屋里。晚饭用过的盘盘碟碟还在餐桌上，他收拾了桌子，把该扔的扔了，洗了碗，把掉在地毯上的食物残渣用吸尘器吸干净，今早他在这块地毯上还经历了一次痉挛。下午因德拉第一次来过后，他就为自己的床换了新卧具，但他现在没有躺进自己的床，而是下楼去了事务所。

向街的百叶窗拉了下来，这看着不舒服，他把百叶窗拉了上去。写字台上映出城市的影子，他坐进扶手椅，把脸贴在绿色的皮革上。

“哈罗？”

“哈罗，卡米拉？是我，马里奥。我想告诉你的是，我这里刚刚空出一套房，在四楼。下面是事务所，上面的公寓，现在也空出来了。我想你肯定对此有兴趣。”

“马里奥？”

“是我。”

“现在是夜里一点。”

“噢！我把你吵醒了？”

“嗯，是。不过没什么。谢谢你打电话来。房子多大？”

“不是很大，单身公寓，但无论如何作为开始……我只是不想瞒着你，谁知道……”

“是的，”她说，“谢谢。我们再聊，行吗？明天，或后天。”

“好，只要你愿意，我们随时可以见面。我多数情况都在附近，你可以来看看事务所。如果你愿意，可以布置新家具，或是使用里面的老家具。随你的便。”

“好，”名叫卡米拉的女士说，“谢谢，我再打电话，好吗？”

“好，”马里奥说，“谢谢，对不起打扰了。接着睡吧，对不起。记着来电话，回头见，好吧？回头见。”

肩搭抹布的自画像

SELBSTBILDNIS MIT
GESCHIRRTUCH

那位瑞士老师给了我一辆自行车，是有人托他保管甚至是送给他的，但他不在既蠢又坏的人于狭窄的地方骑得飞快的地儿——即城里骑车。“既蠢又坏的人于狭窄的地方骑得飞快”，他创造了这表述并为此感到骄傲。他把这句话用法语重复了一遍，然后又用意大利语说了一遍。不是为了教我，而是自得其乐。我还会什么语言？波兰语。他稍稍做了个鬼脸。除此之外，他很男人。我冲他微笑。这辆瑞士车规格很特别，我得注意不能让轮胎漏气，否则在这儿配不上内胎。我对自己说，得像爱护自己的眼珠那样爱惜这辆车。

我确实这么做了，因为这辆车让我在这里的生活轻松了很多，迄今还没有什么东西起到过这种作用。自从有了这辆车后，我每天早晨，常常也包括晚上，都是幸福的。我在下面的河边找到一条路，它原本是供人们散步用的，但我骑车经过那里的时候，从未见过有人在那儿散步。河面比街面低五米，河水慢慢地流淌，上面车来人往十分喧闹，下面的河流波澜不起地静静流过。骑车前先得从街上搬着自行车下三十六级台阶，骑完再搬上去，但我觉得值。

骑车的头一天是我在这里第一次感到欣喜。

此前我最后一次感到欣喜是费利克斯管我叫他的新娘。

再此前则是我第一天来到柏林。

再此前是我八年级毕业，再此前是一个夏天的夜晚，那时我大概七岁。我与父母走在我们那个城市的路上，那时大多数人已进入梦乡，街灯在我们面前的一堵墙上突然照出一座花园的阴影。一座秘密花园的阴影，若非路灯，我们走在街上是看不到那座花园的，我们走着走着也融入了花园的阴影中，只是我们的影子显得非常巨大。我的高度就像一棵苹果树，我站住脚，呢喃自语："噢，能永远这样吗？"

"五个欣喜的瞬间？"费利克斯边问边耸起一侧的嘴角。

"迄今为止！"我愣头愣脑地说。（你呢？你能讲出几个？不问。首先你不想听答案，因为你知道答案；其次这总会引起口角。这个男人不会笑，但却可以狞笑得比现在更狰狞，这他在行。）

一个是心情恶劣，另一个是神经过敏，后者就是我。响亮和突然发生的事令我无法承受，这一向如此。还是个孩子的时候，我知道我们那条街每扇门后都有一条狗，我走过时它会叫，但每次听到狗叫我仍会吓得要命。我穿着呱嗒呱嗒响的凉鞋从街上跑过，它们应该怕我。“你非得这么跑吗？”母亲和祖母问道，她们还会说：女士不兴这么跑。我什么时候成过女士？现在看来这辈子也成不了了。

第一天骑车的高兴劲还没过去，我就又开始害怕上了。河边桥下住着无家可归的人，也许正因为此，才没人在这儿沿河散步。我经过的第一座桥下一片漆黑，铺着石子的路上有泥土，土中有些发光的白色东西。那是不是玻璃碴呢，我问自己，并开始为自行车担心。这时我看到了那个男人，他靠墙坐在自己的床垫上。这男人留着长长的黑发和胡须，眼睛上长着一层白翳。打住吧，我想，以后骑车看来不能走这条路了。床垫、那男人、玻璃碴，危险因素太多。一方面危险，另一方面骑车穿过某人的房间也不礼貌。当我在下一座桥下再次穿过别人的住处时，我还在琢磨此事。这里明亮有序，看来有三个人住在这儿，两个男人，一个女人。之前那个人为什么不和他们住在一起？有病或不合群哪个危险：是第一个住在潮湿与黑暗处有玻璃碴的地方的那人，还是这儿这三位？

当我最终扛着自行车走完台阶时，偏巧一位交警就站在那里的人行道上，我吓得差点儿没晕过去。我用打颤的双膝夹着倾斜的自行车，尽管我恨不得把车立马扔开，让我和车顺着台阶再滚落回去。可能发生的最大损伤是：摔断脊梁骨，脑袋撞到某级台阶上，然后眼前浮现的是警察那张恶毒与得意的脸，似乎在说罪有应得。但他除了看着我并未采取任何行动，显然，把自行车从河边林荫道扛上台阶并不违禁。尽管如此，我还是绕道走过十字路口，直到开始干活时，我的膝盖才不再颤抖。

愚蠢与邪恶，费利克斯也这么说。这是人们必须估计到的，愚蠢与邪恶的行为。只有少数人总是如此，他们决意如此，或是只能如此，这对于那些被殃及的人来说后果是致命的。但如果人们陷入苦难与恐慌，大多数人会发生变化，他们的力量不足以战胜愚蠢与邪恶。我们大家心中都有愚蠢与邪恶作祟，一旦你不能控制它们，那你就会在很长一段时间里受控于它们。相反，善的一面，比如幸福，则会毁于瞬间。

费利克斯不太看好人，对地点亦无留恋。如果不是必要，他不会离开家，而他几乎没有这种必要，因为他有我。我们主要靠我打扫卫生挣钱。除了那位瑞士老师，我们在这儿还有一位朋友，他的名字偏巧叫高尚，头三家打扫卫生的活是他给我介绍的。现在我手中有七户人家的钥匙，大多数雇主我从未见过。我来干活时，桌上的一个烟灰缸、一个杯子或一块石头下会压着一些钱。按照约定，每小时报酬是五欧元，我以这种方式每周挣一百欧元。我打扫的最大的住宅有四间屋子，最小的有两间。其中两家有孩子，两家住的是单身汉，另两家分别住着一对夫妻。第七家看上去像是度假屋或是招待所，如果有客人刚走，我常被叫到这里来打扫，我也最喜欢在这儿干活。我最不愿意去别人家里打扫，那里躲不开孩子的东西、夫妻的用品。

回去的路上我没有见到那些无家可归的人（打扫卫生的好处是，四到六个小时后你会感到一切井然有序，可以从容地再次从桥下驶过），也弄清楚昏暗桥下的碎片并不是玻璃，而是薄薄的塑料。第二天，那位留黑胡子的男子也不在，直到第三天，我确认自己松了一口气（他还在，他又回来了），事情才明了：我对他和一切骑车路上在桥下所遇到的都已习以为常。

自从有了自行车后，穿过回家路上的地下通道时，我就不那么害怕了。地下通道不长，但漆黑一片，自然也充满了尿骚味。无须再步行穿过那里令我很高兴。总之，在我得到这辆自行车前，那里甚至开始有鱼腥味，而且味道一成不变，不像是真有一条鱼在那里腐烂毙命。我屏住呼吸飞快地穿过那里，就好像每次回家都得潜入一个黑暗的石窟似的。事先吸气，最好把眼睛也闭上，但这很危险。地下通道有个弯，得留神何处有另一端的亮光，然后在那里拐弯。即使睁着眼，也有短暂的瞬间眼前一片漆黑，每次我都会想，在另一端再见到光亮的时候是否一切照旧，能否照常呼吸，看到所熟悉的。所熟悉的是一个住宅区，那是一片衰败程度不同、画满涂鸦的六层楼房。

房子是为小人物设计的，工人和大学生。楼与楼之间给绿地留着足够的位置，然而却没有人护养绿地。草很高，周围的灌木丛疯长，中间还有各种垃圾。但没有什么能阻挡树木之美：柳树、杨树和海棠树。从下面和上面都能看到它们。我们住在最高层，别的楼层我不了解，我多数时候都坐电梯，尽管电梯里的灯从我们搬进来时就坏了。我以前从来没乘过没有灯的电梯，当然了，我们那地方也根本没有电梯。楼里的其他住户也跟我们一样沉默寡言，有时能听到说话声和音乐，但总是低沉的，从未透过敞开的窗户传出，间或那里会传出饭菜的味道。但多数情况下，楼里寂静得让人以为我们是这里的唯一住户，到处只有石头的味道，石头楼梯的味道。有一次，我在楼道里看到一个非洲人，我冲他点点头，他冲我点点头，然后他就转过身走了。

回到家，且不说自行车与幸运，我总是累得要与费利克斯吵架。起因一成不变：他当天是否离开过家，如果没有，那他在家都干什么了，为什么他什么也没干？

有时他说，自己并非什么也没干，而是画画了，但大多数情况下他一言不发。如果不说话，他大概就没画画，连花瓶和盘子上都没画。起初我们俩一起在花瓶和盘子上画画，现在他一个人画。不是为了减轻我的负担，而是他不能容忍我们的画法不同。这些花瓶与盘子的式样并不相同，相反，我们现在制作的是单件。尽管如此，人们也能看出它们是否出自一人之手，这困扰着他。没得东西可画让我难受，有一次我出于无奈，从大件垃圾场弄回一个木箱来画。

“画了还是废物一件。”他说。媚俗和废物。

“我知道。”我说。一钱不值，不是什么值得收入家庭饰物（并不存在的）珍藏的东西。

他扬起一侧嘴角。（嘲讽？认可？不问。）

画完这个一钱不值的破箱子仍旧令我感到片刻的欣喜，也忘了数这是第几次的欣喜了。我过生日时，亲自在一个灌木丛采摘了开着白花、香气扑鼻的枝条。它们很难摘，但最后脱了层皮的是它们，而我则手捧着芬芳花束站在漆黑的电梯中。回到家，我看见费利克斯也下楼去给我采了花：草地上的小嫩雏菊。他把它们插入我们从来不用的胡椒瓶。与我那半捧灌木相比，它们显得十分可怜，或者换句话说，我那半捧灌木在它们的反衬下看上去很可笑，我感动得哭了起来。看来他还是爱我的。接着他还送了我一枚戒指作为家庭饰物，是他用铜丝编的（他是下楼专门去找的铜丝，还是他早就有铜丝？），于是我哭得更动情了。后来我破坏了这一切浪漫情调，因为我夸赞了戒指上的三叶草，说他也可以制作首饰。之后他在盘子边摆放了刀叉（煎土豆、胡萝卜、鸡蛋），拉开桌旁的椅子准备坐下吃饭。这令我怒火中烧，我说："现在的时间和地点都不适合恃才傲物。大学前卖首饰的那个人是来自秘鲁的诗人！"

听到这话，他拿起帽子就离开了家。

为了不一个人留在家里，我也哭着（先是出于气愤，后来是为了等他着急）走了出去。自行车真是好东西，骑着它安全，速度快，因为高度还看得远。只是稍不留神就骑到陌生地方了。在人多的地儿倒是没问题，我留神是不是有人在说波兰话，必要时我得请他们帮忙，他们会伸出援手的。可这回我骑着骑着就到了没人的地方，只有房子，而且没有一个窗户亮着灯。一侧是墓地旁一眼望不到头的围墙，旁边的路上尽是树根，把自行车颠得直响。路灯稀稀落落，我既怕黑的地方，也怕亮的地方。在亮的地方别人能清楚地看见我，在黑的地方如同在地下通道，突然陷入漆黑中只能吓一跳。这辆瑞士车没有车灯。要是树根把我从车上颠落下来，周围的黑屋子里会有人往外看或是出来帮助我，还是这人反而会利用我的弱势？

我不知道自己为什么不掉头，而是一直往前骑，似乎每条路都通向一个目的地，早晚会让人返回他必须去的地方。当我骑到一条明亮而无人的大街的十字路口时，我才停了下来。那里是个加油站，后面就是田野了。我按照交通规则绕过大十字路口的三面，从我来的方向离开了那里。这在短时间内是个不错的选择，再次见到墓地围墙也不错（同样也是暂时），但我仍旧不知道，自己能否再见到我和费利克斯住的地方。这意味着：那幢楼早晚还能见着，也许是经过整宿的迷路之后，可费利克斯还会在那儿吗？我虽然总骂他不出门，可一旦他离开了家，我又怕他不会再回来。不是因为他不想回来。不，我想象着，这座城会把他吞噬，这座巨大的城市会把我们彼此分隔，如果我们二人都行走其中的话。其中的一个人必须等在原地，另一个人才能再找到他。首先他得愿意被找到。双方都得有此愿望。如果他不再回来，而是想消失，那这轻而易举。我们可以继续待在这座城市，而老死不相往来。没有你我怎么活？肯定总能活，可是：怎么活？他会把他的画留给我还是带走？他永远都只画自画像，除了自画像还是自画像。这不是他想出的标识，而是他画不出别的。画肖像能挣钱，可他连我都没画过。他撇撇嘴：那个画他女人的画家，也许还是裸体。如果他把画留下，那还让人稍微可以忍受。若是他偷偷回来把画拿走，那这种行为就是背叛，我会伤心死。

我骑过城市，脑子里浮现的都是这些蠢念头，自怜自恨。一切都是我的错，一切都是他的错，还有时势。尽管，谁知道呢。生活从来都不容易。

不知何时，我又来到有人出没的地带，但这些人看上去如此雷同，我根本不能确定他们是不是我刚出发时看见的那些人。毕竟这些人看起来挺和善，都是些兴致勃勃的年轻人，但我最好不要跟他们搭讪，询问这是什么地方。我继续往前骑，穿过那些有的显得眼熟、有的显得眼生的大街。突然，我在人行道上看见费利克斯，他的大衣、他的帽子。我骑到他身边，心怦怦直跳地问：“你知道从这儿怎么回家吗？”他笑了。他身上散发着酒气，他去喝酒了。他喝得情绪颇高。他当然知道得一清二楚，尽管据说他一向足不出户。（不问。）也许因为他方向感好，而我不行。当我们来到地下通道时，我让他坐到后车架上，我们大笑着穿过通道。费利克斯说，让一个姑娘骑车带着自己，那感觉几乎跟骑车带着一个姑娘同样美好。在漆黑的电梯中我靠在他身上，嗅着他帽子、大衣的味道，自然还有身上的酒气。他下巴上的胡子碴扎着我的额头。

回到家我们又开始端详那枚戒指，我请他再次把它戴到我的手上。他照办了。“你给自己也做一枚吧？”他说：“等我再弄到铜丝的时候。”

“我爱你。”我说。（没有你我无心创作。女人们的日子要容易些。但没有你的日子我根本不愿意过。）

“你应该重新画些像样的东西。”他说。

我买了一条鱼，只是为了画它，我们俩都不喜欢吃鱼。费利克斯只喜欢吃面包、凝乳和牛肉汤，可我熬不好牛肉汤。他越来越瘦。我认识他时，他有一顶绿色的帽子，后来我将那帽子据为己有。我戴着这顶绿色的男帽看上去很帅，后来这帽子不知丢在什么地方了。费利克斯还有一顶褐色的帽子，是他难得出门的日子戴的。在家里他戴各种“小丑帽”[1]，他戴着这样的帽子作画。我已经很长时间没有亲自动手画过画了。

我已然不再一定要做女艺术家了，可除了画画和打扫卫生以外，我又不会别的。要想教人语言，那德语先要掌握得更好，但自从有了自行车以来，我的学习速度又放慢了。我常骑车出去，听得不如从前多。我能为那位瑞士老师做点什么，让他教我语言呢？他妻子做家务，他们自己也缺钱。他曾试图卖一幅画，那是他父亲留给他的。他让我看了那幅画，好让我判断那幅画的价值。那是一幅水彩素描，画家我没听说过，画本身不错，然而也没什么特别的，而且没画完。“我不知道。”我说。我让他去找高尚。“我去过他那儿了。”他说。

第二天，那位瑞士老师又有了新主意。有格调的城市景观，就像旅游者们喜欢买的那种。他会给我买小画框，我在上面画些类似明信片上的景色，然后我们拿到市场上去卖。“我可不能坐在集市上卖。”我说。他会找人替我们卖的，我们三人分利润。我觉得这主意不赖，可最后我还是一张城市景观画也没画。我病了。先是只有右肩膀疼，然后这种疼痛向下游走：右臀、膝盖、脚踝、大脚指关节。左侧则从下面开始，从下向上蔓延。最后甚至连下巴也疼上了，但也许是因为别的地

① 中世纪晚期和现代早期小丑的典型头饰。

方疼得我咬牙导致的。我吃阿司匹林，喝伏特加。有一回我牙疼，这个法子很灵。可这回不管用了，倒是大拇指的关节反而疼上了。我躺在过道地上滚来滚去，好让僵硬的腰部得到按摩，然后再躺到软床垫上。

“我需要安眠药。”我对费利克斯说。

他好像不明白我想让他干什么。

“能不能请你去趟药房，帮我买点安眠药？”

他说他不能去药房。我火冒三丈。为什么他不能去药房，难道他半身不遂了？从什么时候起药房成了危险的地方？我失声痛哭，接着有人敲我们家的墙，我被吓得瞬间忘记了疼痛。最后费利克斯给我温了一瓶啤酒。

“你是个天使。”我睡着之前说。

有段时间疼得不那么厉害了，特别是骑车时。但现在疼痛又回来了，比如当我扛着自行车下台阶，尤其是上台阶时。我咬紧牙关，用肩膀倚着墙，以便得到更多支撑，同时让自行车慢慢在台阶上滚动。有些天我几乎感觉不到疼痛，骑车去干活，干完活扛着自行车下台阶、再上台阶。最近我回家时，费利克斯经常不在家，他第一次消失时，我再次怕得要命。我完全无助，在住宅里奔过来跑过去，从每扇窗户往外看，但我不敢出去找他。我顶多敢去大门口走走，下楼梯、再上来，听听有没有他的脚步声，却不敢去楼层的过道。我非常生自己的气，这算什么行为？发生了什么？这巨大的恐惧是怎么回事？为什么我在这该死的生活中就从来没有过闺蜜？为什么我交不到女朋友？总是结识男人，没有闺蜜，现在连个商量的人都没有。你没地儿可去，除非去那瑞士老师那儿。若是在大街上碰到他的妻子和孩子，没有他你都认不出来，因为你就是这么个人。

当费利克斯又回到家时，我冲他大喊大叫，就好像他做了什么十恶不赦的事。他前所未有的镇定，只是说他在高尚夫妇那儿。他们马上要去瑞士一阵子，未来三个月我们可以替他们看家，他们很乐意我们住他们家，我们则可省了这里的租金。

我喊得撕心裂肺，拍着自己脑门说："三个月？之后怎么办？你是不是偶尔也能动动脑子？"

他沉着脸说："不要这么跟我说话。"

我缓慢而明确地说："我们不能放弃这个住处。谁知道三个月后我们找新房子时会遇到什么样的房主？高尚夫妇到底想什么呢？**他们**到底有没有脑子？"

他说得没有那么缓慢和明确，但我也听懂了：人人都知道，这里住了很多没有合法身份的人。我们不能在一个地方住太久。

"我不在乎，"我说，"我不去别的地儿。"

"你怎么了？你从什么时候起变得这么蠢了？"

"一直这么蠢。你不知道吗？"

这是可怕的一宿。我暴跳如雷，又怕他离我而去，但他没走。他很平静地忍让着，最后我们达成妥协。我们留着这处住宅，我继续去干活，他去高尚夫妇家，在那儿画画（高尚是个买得起绘画材料的业余画家），晚上回家来。他向我保证绝不在那儿过夜。此后他显得高兴多了，尽管每天往返各四十分钟令他脚疼。现在我成了那个每天总是怏怏不乐的人。我学会并已经习惯总是和颜悦色，如果有可能，甚至高高兴兴，这样更像个女人，此外也能得到人们更多的信任。但最近我的脸和身体其他部位一样发僵，我表情僵硬地骑车驶过越来越凉的河边。桥下已经没有无家可归的人了，先是那个与碎片共居一处的人不见了，然后其他人也消失了。有些东西还在原地，包括床垫。他们去哪儿了？这正常吗？夏季结束他们就移居了吗？还是他们并非自愿离开的？他们的消失是个信号，有可怕的事情正在蔓延，而我们尽管十分注意，却没有发觉？

当供人散步的路走到了头，我又得扛着自行车上台阶时，我再次忘记了那些无家可归者，只想着自己和几乎总是站在那里的警察。他负责维持桥上的交通秩序，人们没有想出更好的解决办法，堵车时他全神贯注地疏导交通。站在那里的并非总是同一名警察，迄今我没和其中的任何一位有过目光交集。

现在我在所打扫的住宅中待的时间越来越长，超过了所需时间。我等着卧具晾干，熨烫它们，然后再把它们铺上。此后我还坐在一把椅子上，或者端详整理好的房间，或者从窗户往外看。实际上我是在等着有人进门，然后我们不期而遇。可没有人来，于是我又骑车回家。

费利克斯自然不在家，他现在只管高尚夫妇的家叫“画室”。不知道为什么这令我恶心。（什么也别说。）不久前我发现，自己甚至不知道那地方的地址。我曾经知道过，也去过那儿，可把一切都忘了。我把它和我打扫的住宅弄混了。或是我也打扫高尚夫妇的住宅，而没有意识到？（这种混乱是怎么回事？是不是与我的疼痛有关？还是我脑子出毛病了？）

由于不知道自己能做点什么，我又坐到盘子旁边。真正画盘子太累了，我干不来。画点装饰还行，我可以画装饰，看来还没疯。我会辞掉打扫卫生的工作，重新开始画盘子。尽管天冷了，人们活动得却少了，一切都让人发疯。能偷着做打扫卫生的黑工，这太幸运了，没有人需要这么多描画过的盘子。还可以去哪个食堂打工，但那比打扫卫生还累。去卖淫吧，我长得又太丑。

费利克斯回家来问有没有什么吃的。

“为什么，你带什么东西回来了吗？”

“那我就不必问了。”

“是不必问了，”我说，“我没想到做饭，我画画来着。”

“你画什么了？”

盘子，我本该说，可我没说，因为我受不了他嘴角会露出的蔑视。我反问：“你呢？”

他不回答。没饭吃就没饭吃，他好像也不在乎。他弄了杯茶。为了不把那杯茶——又烫又酽的茶——从他领口灌进去，我也弄了点什么。我用汤料块煮了汤，并往里面放了面包渣。我说：“喜马拉雅山的登山者也这么煮。”

他看着我。他的嘴没笑，眼睛却笑了。

“喜马拉雅山的登山者？”他问。

“是的。”我说。这情景又跟我第一次认识他那天一样。我刚给人讲过如何耕地，他乐不可支地看着我。两个小时后我们已经睡在了他的床上。

片刻，汤料汤和里面融化的干面包渣就令我们如同身处人间天堂。瞬间一切不快一扫而光，我心里一热，哪儿都不疼了。

晚上疼痛自然又回来了，比以前更疼。我躺在床垫上呻吟，汤太咸，想喝点儿水，却站不起来。到底怎么了？楼里传来做饭的味道和说话的声音。下楼去，找那些非洲人，信任他们。他们肯定认识会治病的人。我问费利克斯能不能帮我做这件事。“你能替我去找那些非洲人吗？”

他：“你发烧了？”

但他没有把手放到我额头上试试烧不烧。接下来我听到他出去了。我无法想象费利克斯与那些非洲人交谈，但也许这回他会去一家药房。

我睡着了，又醒了。天已经黑了，我一个人在家，感觉有点冷。楼道里整天都有动静，或许是有什么事要发生，或许人们跑来跑去在协商什么事，或许我也应该在场。我完全可以披着被子出去，这儿没人会觉得有碍观瞻。我睡眼惺忪地走到楼道里，身上披着被子倒是暖和，可我光着脚，脚底下冰凉。受凉对我的关节不好。楼梯间一个人也没有，只有凉气和石头的味道。费利克斯不声不响地溜了，他等我睡着后就去了别人那像模像样的家。半道上可能停下来喝了酒。他花我们的钱去买醉，也不买食物或药品。买醉和买颜料，后者我也可以买。那位瑞士老师教过我一招，去建材市场买颜料，那儿便宜。我若是从那儿买，费利克斯几乎用他的眼神就能把我杀死。你要愿意，你可以用这种颜料画。他的事最好让他自己做主，也许他早就等着我自生自灭了。我会是这种结局吗？高尚夫妇已经离开了这座城市。那瑞士老师，我不能给他打电话。我想去找他，但我心里明白，现在半夜三更，我不能这么做。我很害怕，但还是回了屋并穿上一双鞋。我先是放下了被子，但太冷，就又把被子拿起来披在了肩上。我没系鞋带，我怎么系呢？

当身后的门呼的一声关上时，我才想起没带钥匙。若在平常我会为此而绝望，但现在我没有。我毫无感觉，也不害怕，只有疼痛对我不离不弃。我只是想到，幸好我还披着被子。这样如果必须在外面过夜，也不至于冻死。大概我确实正在失去理智。

楼门上方的灯也坏了，我站在黑处，挺好。既不会被灯晃眼，又能看清周围灌木丛的情况。灌木丛在动，后面似乎有人。不，那不仅仅是风吹的，还飘过来一股大麻的味道。我让被子往下滑了滑，露出了脑袋。我觉出来被子现在拖在了地上，它会变脏，那上面有费利克斯和我的味道，我们睡觉时常常换被子盖。

“嘿！”我冲灌木丛方向喊，“我疼得难受，你们能给我点儿吗？I'm in pain. You got something for me? J'ai des douleurs, pouvez-vous m'aider? ”最后甚至是：“Mam bóle. Czy mecie coś dla mnie?” [1]

我嗓音高，女人的声音，再加上我的侧影，他们会怎么想？

谁知道，也许他们认出我来了。也许他们比我更警觉，反正我没认出他们来。我只能看出是两个年轻的非洲人。一个很瘦，脑袋瘦长；另一个圆脸，敦实一些。他们走出灌木丛向我招手，我不能冒险走进灌木丛去他们那儿。一方面我害怕，另

① 分别是同一句话的汉语、英语、法语和波兰语表达。

一方面我的背僵硬得迈不了步。

可我随后还是动了起来，僵硬地走下三级台阶。被子随着我在小土路上拖着，一股撩起的尘土味。那俩男人往灌木丛退回一步，可没躲得像原来那么深。我披着被子站在灌木丛外，那个胖的递给我一支自卷的含有大麻的香烟。

香烟纸还湿着，我把粘着他唾液的烟卷送到嘴唇间猛吸了一口。我不会吸烟，因此必须集中精力：把烟吸进去，然后马上用嘴吸口气。我将含有大麻的香烟还给了他。

“够了？”他惊奇地问。既然烟又到了他手上，他也就着烟屁股吸了起来。

我摇摇头，这也让我感到痛苦。我还得多吸几口，但也可能我早就处于谵妄[1]状态，可疼痛仍在。我又接过含有大麻的香烟并不再撒手。胖子又卷了一支，瘦子面无表情地看着。胖子和我都不再说话，我们站在灌木丛中吸着烟。后来那胖子又往后退了一步，指了指身后的灌木丛，那儿有一截树桩，我应该坐到那儿去。我坐了下去。垫着被子挺软和，他们一左一右坐在我身旁。

“怎么称呼你？”

“费尔卡。”

① 谵妄是指一组综合征，又称为急性脑综合征，表现为意识障碍、行为无章、没有目的、注意力无法集中。通常起病急，病情波动明显。

“我是雷吉斯，这是……（听不清）。”

雷吉斯住在我们那幢楼里，住四楼，那瘦子不住这儿。

然后我们再次沉默。我抽着含大麻的香烟，并从灌木丛向外仰望星空。慢慢身上热了起来，树丛散发着芬芳，我感到幸福。我的脑袋无可抗拒地靠在了那瘦子的肩头，偏偏是那瘦子，但他没有躲闪。另一侧的雷吉斯拿起我的手（这只手伸在被子外面，拿着香烟），并开始为我按摩。他说了点儿什么，可我的法语不够好，没听懂。他显然是在我的手上寻找压力点，它们与我的背痛有关。他也找到了，还不少。他按我的虎口时我疼得直叫，他马上停止了按摩，可我已经无法控制自己，失声痛哭。

“费尔卡？”远处传来费利克斯的声音，“费尔卡？”

我从那两个不认识的男人中间挣脱出来，磕磕绊绊地哭着走出了灌木丛。

“费利克斯？”

树杈断裂的声音，外加我的哭声与喊声：“费利克斯？”我觉得那两个人在我身后似乎发出了嘘声！那瘦子不高兴他们与我混在了一起。我冲出灌木丛，尽管我猜费利克斯的声音仅仅是我的幻听。我自己的哭喊声大得让我听不见他是否在呼唤我。

可他站在那儿，就在我们楼门口的土路上，腋下夹着一幅用报纸包裹着的画。

漆黑的电梯里是那幅画、被子和我身上散发的大麻的味道，差点儿挤不下。我喘的气把被子里的鸭绒都搅动了。

费利克斯把一个我缝的、装有干豆子的枕头弄热，将它放到我背上。尽管他不懂按摩，但还是在替我按摩。他把在高尚夫妇家画的那幅画摆放到我能看见的地方。本来他想将这幅画留给他们作礼物，可后来还是拿回来了，为的是给我看看。他画的当然还是他自己，画面上的他肩上搭着一块抹布，头上戴着一顶白色的厨师帽，形状像个锅盖。

“这是你迄今画得最好的一幅画。”我说，说完忍不住又哭了。

天黑了，我看不见他的嘴角在做什么动作。他的手在抚摸我的头发。

往事并非如烟[1]

À LA
RECHERCHE

① 原文为法语“À la recherche”，节选自马塞尔·普鲁斯特的小说《追忆似水年华》（À la recherche du temps perdu）书名的前半部分。

我到达时是傍晚，着冬大衣。门口站着的年轻女子们光着腿穿短裙，脚上是金色的凉鞋。天空下着细雨，姑娘们笑声朗朗。驶来这里的那辆公交车上坐着一位上了点年纪的面容疲倦的黑皮肤女子，她穿一件灰色派克外套，头上裹着缠头布。她望向车外，面无表情。姑娘们笑着拥向车内，一转眼就随车而去。

“欢迎来到贫民窟！”

那位来接我的男子推着一辆前轱辘被撞得拧成麻花的自行车。刚才从运河边的小路拐入主道时，自行车被一辆大卡车刮了一下，他本人及时地从车上跳了下来，可前轱辘在劫难逃。到处都在发生疯狂的事，到处。还有，他的名字叫奥利。

车轮每转一圈，摇摆不定的前轱辘的车闸都会两次碰到车缘，导致停顿。这儿到处都不许停放自行车，所以奥利只好骂骂咧咧地推着这辆破车走过校园。此外还有我的行李箱轱辘发出的声响，箱子轱辘转动得也不那么顺当了。夜路上走着两个人，推拉着两件运转不良的物件。

校园很大，有十几幢楼，有的古老，有的崭新。新楼附近装有路灯，老楼附近没有。奥利把我带到一幢老楼里，我在一个办公室拿到一把钥匙，然后我们又开始漫步，几乎回到了校园入口处：拉着箱子，推着摇摆不定、哗啦作响的破车，天上还下着毛毛雨。这是一座什么墓地？石板上长满青苔，中间是砾石路。古老的塞法迪犹太人[①]墓地，这里的场地不允许平整，所以校园是围绕这块墓地建起来的。不要怕，他们都很祥和，奥利边说边忍不住坏笑起来。

分配给我的房间舒适得出人意料。大楼和里面的地毯都是新的，窗户很严实。里面有一张床和一张桌子，一个可以做饭的小角落和一个浴室，甚至有浴缸。暖气无法自己调节，但毕竟有暖气。当我上一次在这里时——不是在这儿，仅仅是在这座城市——我们被安排在一个没有暖气的合租房里，我朋友的外衣在一次社交聚会上的衣帽间里被偷。我把自己的冬大衣借给他，直到他买了一件新的。

室内唯一一扇窗户对着运河，一盏灯照着一棵树的树冠、一段河边路，还有下着的雨。夫复何求！

---

① 15世纪后期居住在伊比利亚半岛的犹太人的后裔。

除了也许再睡个好觉。夜里十二点半，火警铃声把我从浴缸里惊醒。我草草擦了擦身上的水，没穿内衣就直接套上裤子与衬衫，光脚穿上靴子，再穿上大衣。我跑下楼梯，经过那些一级一级慢条斯理地走下楼梯的印度年轻人。这些人肯定是年轻和黏液质的，要不就是了解内幕的。难道是一场演习？

我是最早来到外面的，我们在楼前集合。看不见火光，参加各处社交聚会者不为所动地走过。当最后一个人离开大楼后，三辆大消防车驶入了校园。车上的消防队员们无聊地望着我们，每辆车上下来一个人。不知何处有人问：你煮鸡蛋来着？然后所有的人就哪儿来哪儿去了。

第二天升起的太阳是灰蒙蒙的，此后我在这儿的日子里，它一直如此。一个温和、细雨蒙蒙的晚秋。河的另一侧有一条漫步的路。

我总是沿着水边走，不过开始不是运河，而是河。我出生的那个村子位于多瑙河的支流，我上的那所中学就在主河道边。学校建在河边的林荫大道旁，那里有能令风景如画的一切东西：梧桐树和长椅，人行道上有向上隆起的树根和一段修了河堤的河岸，中间有阶梯，但我们学生不许走下阶梯，甚至被禁止穿过街道、人行道和学校对面的绿化带，坐到河堤沿上。因此我们就一直走，直到走到人们无法说我们就在学校对面的地方，我们坐到那里的河沿或阶梯上。

村子和村里我家那间骰子状小屋离学校十公里远。每天六次有又旧又颠的汽车驶过，除非有一趟不知何故停驶了，或是没停驶，而是飞快地掠过车站——因为车上人太多，或是司机出于别的什么原因没有停。我们中的每个人都有过得穿过田间小路走回家的遭遇。

最初是不得不走，后来长大了，为了到处瞎逛，走着回家就成了常事，至少回家的路我必须步行。一个姑娘，无论多大，也就是说也包括女人，不该到处瞎逛，在购物街流连忘返就几乎与卖淫相去不远了，更不要说独自一人进电影院了。至于在郊区的街上暴走——那里也许只有制鞋作坊或是卖宗教读物的地方，那就更没人能理解了。更不可思议的是：在没有照明的田间小路上，走在铁轨边的洪泛区，这得多危险啊，更何况还是个姑娘？这些事是你无法向替你担忧的家人解释清楚的，好吧，那我就说瞎话，谁让我正青春年少呢。他们背熟了行车时刻表，所以我也得熟记该表，把它与其他可能性结合起来。校刊开会一般需要多长时间？学校广播站的呢？合唱团排演、手球队训练、为专业比赛做准备以及整理物理实验室。进村之前得把鞋上的尘土擦干净，并将裤腿上粘的牛蒡摘下来。冬天我穿一件青色冬季外套，夏天则是绿色的夏季外套，脚上的白色体操鞋左脚后跟处有个洞。从城里——特别是夜里——

往城外的路上景色很美。沿着铁轨走，铁轨的另一侧是柳树，柳树后是河水分汊的地方，这也美不胜收。我曾穿过一团团的萤火虫、一群群的小狐狸和一队队正在迁徙的屎壳郎。自然也有蚊子，那算不上什么。城里没有那么多昆虫，这自有其好处。

第一次在运河边散步时，我起得太早，其他人还在上班的路上。我一方面希望箭一般疾驰而过的骑车者与他们掀起的碎石块一起跌入水中，另一方面我又怕他们确实落水。那我第一天在伦敦就得从摄政运河救起一位骑车者了。可没人落水，随着时间推移，河边也没有那么多慢跑的、散步的人和被遛的狗了。当我来到莱姆豪斯盆地时，一片死寂。这就是泰晤士河：灰绿色的水，波澜不起。风沿着曾经的工业建筑中的豪华公寓吹过。盆地码头停靠的船只发出人们期待的、水拍船身所引起的各种声响。虽然我是在水边长大的，但我对船没什么太多了解。回去的路上我最好还是把注意力集中在树上：梧桐树、橡树、栗树、杨树和杨柳。垂杨柳是我最喜欢的树。

Et tu mi fili Brute? [①] 有人在网上问，是从前的同学。他本

---

① 拉丁语名言，为恺撒被刺死时说的最后一句话。中文一般译为“还有你吗，（我的儿子）布鲁图？”。布鲁图的母亲是恺撒的情妇，但所传他为恺撒私生子的传闻不可信，他也参加了刺杀行动。

名叫罗伯特，在网上起的名字是“Deviant Majority”[1]。这男的特别八卦。可不，如今谁不在伦敦呢？它的人口是我出生的那座城市的25倍，就好像整个多瑙河湾[2]的人都移民了似的。

“你在这儿认识**什么人**吗？”我反问。

“据说法里娅在这儿。”

法里娅本名叫玛丽亚·法卡斯，但她十五岁时就有了一个艺名：法里娅·马科斯。我们在同一座城市上文科中学，但学校不同。她是他们那所学校最聪明的，我是我们那所学校最聪明的。一次学生竞赛活动中，有人为我们互相做了介绍，她用的是自己的艺名。她赢了那次竞赛，我名列第二。第二年她毕业了，我赢了。几乎有一整年我们在同一个合唱团唱歌：她是女中音，我先是女高音，后来声带撕裂，即使唱低音也只能滥竽充数。最终我放弃了唱歌，无论是唱高音还是唱低音时，我都没有挨着过她。

我无法解释，为什么我还记得不少有关她的事，而那个时间段的其他人几乎已被我全部遗忘。比如我还清楚地记得她的长相，就好像我一直把她的相片带在身边似的。黑头发，当时是长发，冰蓝色眼睛。很瘦，当年她就是素食者。由于瘦，她的脸有点儿像马脸。然后是鼻子、嘴、结实的牙齿。而我看上

---

① 意译为“与众不同”或“特立独行”。

② 多瑙河在匈牙利国境内的一个大型转弯河段。

去则像狐狸，小眼睛，尖鼻子，三角形下巴。

我当然清楚自己为什么会对她所知甚多（其实是：甚少）。她在我那个年纪的时候就像个名人。当地的艺术报上既有她写的诗，也有她画的画。校报自然由她设计，她是学生会的，也自己挣钱，在一家酒馆打工，人家甚至允许她从饮料机中倒饮料。此外，她毫无疑义地生活在一个拼凑家庭中，家里有七八个孩子；而我们大多数人家里最多只有两个兄弟姐妹。我是独生女，门门功课 1 分[①]，此外别无所长。班主任说他希望我除了高分，还能有别的特长。所以我就去参加竞赛，在法里娅之后得了第二名，在她毕业后则获得第一名。校长在年度总结讲话中表扬了我，我不动声色。我去电影院看了下午场的电影，然后回家静静地听着狗叫，直到不知不觉地睡着。大多数作业太容易，一次考试时，我走神了几秒钟，想象自己穿越了，得重新念七年级。或是我刚刚睡过了头，考试来晚了。我突然惊醒过来，往窗外看了看，好确认自己在哪儿和现在什么时间。但我们教室在底层，窗玻璃最下边三分之一是磨砂玻璃。

Deviant Majority 声称，法里娅在她母亲去世后，就跟她小妹妹一起移民伦敦了。

我没移民，我如是写给 Deviant Majority，或至少没有移民

① 1分为最高分。

伦敦。我告诉他我在研究什么。

尽管我上学时门门功课都拔尖，且并不偏爱某科，我却有明确的职业愿望，而且还实现了。我们那个城市许多当年不那么无聊的神童中学毕业后都先当过邮递员。法里娅的一个同父异母的哥哥在离开当地前就短暂干过这一行。她这位哥哥是我唯一还能忆起的他们家的人，她的姐妹我想不起来了。

我在伦敦可以待一个学期，能够住在校园里，被允许利用图书馆和其他设施。具体来说是这样：从早晨到下午我坐在阅读室中，而这不幸正是我职业中让我不喜欢的部分。

我喜欢授课，跟刚入学的大学生们坐在一起，向他们传授科学入门知识。而研究工作却令人感到被关进了一个匣子，在里面干活。这并非定义，而仅仅是，我只能坐在这种匣子里干活，出了这种匣子我就干不了活，所以我就坐进里面干我该干的活，直到饥饿和/或疼痛允许我名正言顺地离开那里。若是我全神贯注，间或也会出现思如泉涌的局面，这有时持续几分钟，少数情况下能持续几小时，然而我又会想到午餐并离开阅览室。为了不引起火警警报，我很少做饭。我去地铁站旁的日式小吃店，在那儿吃碗乌冬面。旁边有家小超市，我在那儿买所需的日用品。每三天我会去洗衣房洗衣服。每周和别人说几次话。

除了奥利，还有一位与我年龄相仿的叫伊夫林的教师，她的满头金发构成了她的光环。她也爱吃乌冬面，她是在父亲去世后来这里的。

是的，我们说，腿看上去好多了，原先造成水肿的水已经透出皮肤。人死后要打开窗户，伊夫林说，好让灵魂能够离开。

我的心上人在同居八年后离开了我，因为我告诉他，他是我的命根。这种话不能对任何人讲，我们的朋友们说。那时我离开了他们，并且再也没有回去过。

回到自己房间后，我打开了窗户，直到冷得要命，然后我又走了出去。

冬大衣太沉，也太厚。我走到金丝雀码头购物中心，找到一家廉价服装连锁店。没有青色的外套，但我找到一件浅褐色的。我又买了一件可以穿在外套里面的青色毛衣。我把旧的冬大衣装进购物袋拎了回来。蒙蒙细雨淅淅沥沥地落在新外套的帽子上。若非手里提着购物袋，我现在看上去会年轻得多，像一件青色外套那么年轻。我好几次冲动得想把那袋子随便丢在哪儿，最后还是没丢。什么时候、什么地方天气不会再冷的可能性不是特别大。

如果人已经二十八岁了，那么八年就是一段不短的时光。起初我是个孩子，那时的事已经几乎记不起什么了；后来我上了中学，只记得常常暴走；此后又上了大学，住在佩斯[1]的一间小屋里。我家乡的城市离首都足够近，可以每天两次坐丑陋、不准点并开得飞快的汽车往返。我家里的人不明白，为什么我那么娇气，不能像其他数千名学生那样每天来回奔波，但最后他们还是卖掉一小块地（田产不能卖！），好供我买一间二十三平米的底层住房，这房子挨着一条大街，幸好是在后院，而不是前院。关于这条大街有一首美好的百年老诗，是赞美那里的椴树的，可惜现在城市交通破坏了那里的诗情画意。

G.——大家，包括我，确实都只称他为“Ge”[2]——和我是在第一学期相识的。他是我们组唯一的男生，有些人认为他的长相配我绰绰有余（我也不知道为什么，我周围的人说话总是这么率直）。有个同事认为，他一定是个同性恋，因为他看上去很阴柔，而我则像个假小子。我们好了八年，从来没在一起住过。起初他住在父母那丑陋的新公寓里，他父母那时恰好要在芬兰待一年。我在那个公寓里住过一两次，睡在一张他青少年时期睡的床上，床是折叠镶嵌在一个组合柜中的。他父母回来后我就没去过那里。他常在我那儿过夜，但也会回父母家他的旧婴儿室，他把时间分配得井井有条。八年同居后，他用

① 匈牙利首都布达佩斯是由位于多瑙河西岸的城市布达和古布达以及东岸的城市佩斯合并而成。

② 前者为字母缩写，后者为发音。

一个塑料袋就装走了放在我那里的全部用品。

在网上，我们还是朋友，所以我也不再更新什么。如今我去网上看了看，他也没更新。两具僵尸，我们在这方面也很般配。我不会去别的地方寻找他，我反正知道他在干什么：一切照旧。他不想彻底改变自己的生活，只是不想生活中继续有我。相反，我在看法里娅是否用真名或艺名有什么动作，都没有。能找到的都是老掉牙的东西：三首零散的诗歌。中学毕业后，她成了一家综合大学报纸的技术员工（她会什么技术呢？还是这名称下的活完全不是我能想象的？）和另一家报纸的编辑。两年前她从网上消失了。她母亲去世的讣告也是在两年前，重病之后很快就去世了。悼念她的是她的孩子们和她母亲。这意味着：不知何时她与法里娅的继父和继子女们分手了。

据说法里娅在当服务员，Deviant Majority 就知道这么多。匈牙利的学者在国外常干这个。

上午阅读和写作，下午出去走走。如果我有什么强项，那就是建立常规。常规要有许多小小的修正，以便它们能把日常的单调维持在最小限度。最初，我的生活是在村里和小城市度过的，后来或多或少是在住宅和大学度过的，我先在大学念书，然后在那里工作。那段时间我只和唯一一个男人有过肌肤之亲。我的生活和大多数人一样，去什么地方，吃什么东西，安排的业余活动都花不了太多的钱。我朋友练空手道，我喜欢看艺术影片。我按时呈交了博士论文，他延期一年，后来我对他说了那句话——他是我的命根，然后他就与我绝了交。我开始尽量不间断地在国外进行客座研究。第一站是德国，第二站是法国（在那儿我也常在河边散步），现在来到这里。

写作、散步、睡觉，这是一种不错的生活。没有所谓上课的负担，也没有所有其他作为一个人所应尽的义务，除了维持自己的生命，如此看来，我目前的生存状况几乎如实验室般理想。有时我一连数日都想不起来自己还曾有过别样的生活。我非常善走——由于多年的训练，或是天生的。只有第一天我只走了两个小时，第二天起我就走四个小时了。四小时，走到摄政公园，再走回来。我在公园稍作逗留，观赏植物和我喜欢看的人。学生被带到公园进行体育活动。我一直看着他们，直到能分清他们：练倒立的丰满的黑皮肤姑娘，翻跟头的小个子金发女郎，谁球打得好，谁绳跳得好，谁能做后空翻。他们走后，我也打道回府。天黑时我回到校园，吃点晚餐，看看英国的电视剧。如果太无聊，我就去窗户那里看看大学生们，看他们如何去喝酒，然后再看他们怎样回来。此间不时会有火警警报，那我就出去，耐心等待消防部门允许我们返回自己的房间。我很少出门，因为我不喝酒，社交聚会和其他所谓休闲聚会很快就让我觉得怪异。

G. 也不喝酒，这就造成我们与其他人在酒馆里时只能坐一段时间，一旦他们的醉态令我们无法忍受，我们就告辞。囿于住房条件，我们无法在家招待很多客人，所以晚上大多数情况下，我们两个人宅在家里。他听音乐，我读书。他不在我那儿的时候，我就去电影院，或在夜里去城里散步。我想念他，但我不说。我能够独处，如果不得已的话。我整个童年都是独自度过的。倘若我当初没说那句话，那我今天会在哪儿？我知道，这个问题是无解的。

伊夫林喜欢喝葡萄酒，奥利偏爱啤酒。因为走着就能到（也就是便于离开），有一次我也参加了一个社交聚会。我自我介绍叫索菲娅（我不叫索菲娅，而是若菲奥，但这无关紧要）。“我现在在英德研究中心进行客座研究……”

“具体是翻译研究……”

但根据不同的谈话对象我会说：

“荒诞派文学。”

或是“语言纯粹主义”。

或是“教科书中的异国话语”。

或是“英国电影中的德国人，英国男女同性恋电影中的不同德国人”。

我仅仅不说政治与文化，因为这是奥利的研究领域。

有一次我说自己研究门槛文学，后来发现对方理解成具体的门槛，也就是房屋内外的门槛。我们笑了起来。

当我到家时，消防队的人已经来过了。

六周以来，我一直在同一段路散步，总是沿着运河走来走去，我对这儿已了如指掌，哪怕再过十年我也不会对这里更为熟悉了。砖墙上的涂鸦和石头上的特色花纹，什么地方颜色浅，什么地方颜色深，有的砖比别处的更红。栏杆部分所画颜色的渐层，某些地方长的草与青苔，甚至有蜗牛壳和鸽子粪，确切地说是鸽子粪留下的某种痕迹。为什么想到六周能够等同于十年会令我安心，这我无法接受，但它就是如此。

现在天黑得越来越早了。慢跑者们下午跑步时就戴上了头灯，狗脖子上戴着同样会发光的项圈。如果天黑得早，那么下午、晚上或是夜里的区别就不大了。所以一次吃晚饭的时光，我还在卡姆登集市闲逛。一群开心的德国游客递给我炸薯条和苹果酒。可爱、显得年轻和衣着随便的退休者，他们怎么偏偏选中了我？而我为什么让别人选中？我可以说是为了测试一下自己的德语（我受到夸奖），但这大概不是真相。我不理解，但颇享受这种境遇：我开心地坐在他们中间，尽管他们大声喧闹、喝酒并搞怪，但与他们相遇仍属于我迄今最美好的经历之一。这些是不是在做梦啊？我正在想自己也许在做梦，突然听到背后有人说匈牙利语。我转过身：两名女服务生在聊天。我听不见她们在说什么，但我可以肯定她们是匈牙利女人。我盯着她们，试图从她们的口型猜出她们在说什么，但不过是白费劲。能肯定的仅仅是：她们俩都不是法里娅。我站起身，大费周章地向洗手间方向走去，好能继续偷听她们的对话——德国人嗓门大，为什么他们得大嗓门？——但那两位服务生不聊了。在洗手间我往镜子里看了看，我没法说别人是否能认出我。我脑门上有块疤，可并非所有人看人都看得这么仔细，并且日后还能记得。

第二天我醒后，首先想起的就是卡姆登的咖啡店，整个下午干活时，我念念不忘的都是那儿的咖啡。我知道是异想天开，可我就是无法打消那个念头，如果我再去那里，也许会碰到在别的时间段上班的法里娅。或者再次碰到些可爱的德国人。从现在起每天去：炸薯条、苹果酒、烟雾，他们讲述他们的家乡，我讲述我的。当然，我下午去那儿时，咖啡店空无一人，而且没有一个女服务生是法里娅。我在街上待了一会儿，转了转，从咖啡店到小酒馆。到处都能听到匈牙利语，大部分是年轻女子，其中一些也是女服务生，就是没有法里娅。我一直走，直到得在一个地铁站看看自己到底在哪儿。地铁很挤，为了忍受这种拥挤，我扫视众人的面孔，看有没有认识的，当然没有。有个男的在读一本翁加雷蒂[①]的书，我差点儿与他搭讪，最后还是忍住了。

我发信息给 Deviant Majority，问他有没有法里娅的联系方式。他许诺说去打听，但后来就没有下文了。

给我发消息的反而是在布达佩斯租我房子住的那个姑娘。我担心又发生了漏水事件或是暖气不热，我在这里又有什么办法呢？都不是，她只是告诉我她要搬出去了。这可是始料未及，不过她安慰我说，已经替我找好了接替她的房客，一个叫薇罗妮卡的。

房客的更换令我不安，也就没能再去咖啡店寻找匈牙利女子。我沿着运河走了回去，回到那从容不迫的平静生活中去，但它已经不再那么平静如意。

问题在于，我每天都有浑身使不完的劲。我们不该忘记的是，我在此是得工作的，但我在图书馆待的时间越来越少。每天散步四小时的日子早就结束了，现在每天至少走六小时，但也经常走八小时，我的腿还能继续走。我的鞋不是什么特别的鞋，但也是步行鞋，我的脚不疼，我以前穿过更差的鞋。六小时，这是十一公里的路，从麦尔安德到运河北部终结地小威

① 朱塞佩·翁加雷蒂（Giuseppe Ungaretti，1888—1970），意大利实验诗歌流派隐逸派的代表人物之一。

尼斯，到那儿就没法继续沿河走了，所以我更喜欢往南走，走到格林尼治，有一次甚至走到了刘易舍姆。我差点儿在刘易舍姆过夜，以便第二天早晨可以从那儿继续前行，但还是没这么做。我并非真正的漫游者，我不喜欢某天在一个地方开始，而在另一个地方结束。

由于我结束时**必须**回到起点，在我转身的瞬间，常常感到要忍受一种失败，而不是轻松或充满预期喜悦地为回家而高兴。我变得失去耐心，开始忙忙叨叨，这又会令我很快疲倦，以致我不知何时起不再健步行走，而是拖泥带水，这甚至让去程也索然无味。为了避免这种现象，我决定不走回头路，最好一路向前，直到走不动为止，然后从那儿乘车返回。比起坐地铁，我更喜欢坐公交车。光着腿的女大学生们礼貌地让我先下，从汽车站到我住的公寓不到两百米，这段路我还能不显狼狈地走完。我坐电梯到二楼，然后奔向浴缸。如果躺在浴缸中时响起火警警报，我就直接堵住耳朵。

我睡觉的时间越来越长，现在直接睡到十一点，此前什么事也不做。我在阅览室找到一个靠墙的角落，戴上耳机。我什么也不听，只是让气流在我耳朵与耳机振膜间回荡，振膜形成的均匀噪音会被大多数人称作安静。当耳机下的汗变得令人太不舒服时，我就摘下耳机毫不犹豫地离开。这时往往还不到下午两点。

散步对思维有帮助，但这只在最初的一个半到两个小时内有效。我思索着必须写下来的与工作有关的事，有时也能小有收获，可进度慢如蜗牛爬行。不知何故，我在最近的几个月变得很蠢。这意味着，实际上原因不言自明。令我惊奇与恼怒的是，这其中的机理如此简单。最初的一个半到两个小时里，我琢磨课题，若有微小结果，我就试着把它存储起来，直到我感到脑子麻木了。然后我就坐到公园的长椅上，能坐多久就坐多久，十分钟。我坐在长椅上端详着各种鸭子与鹅，它们在小池塘里和附近的绿地到处留下羽毛与粪便。我看着推婴儿车的母亲们，她们坐在小池塘和绿地附近。我也看慢跑者，根本不想G.。他就想过没有我的日子，这没什么可奇怪的。我不想他，而是想，奇怪，为什么大家都众口一词地说责任全在我，并且为什么他们还直率地对我说：这一切只能赖你自己。他们的意见为什么能高度一致，他们为什么能如此率真，为什么这意味着他们都不想理我了。我找不到答案，我只能自我怜悯，想到这儿我站起身，继续走下去，直到走不动为止。

圣诞节前我得向大学生们讲述我的研究进展。我散步八小时，一直走到塞文奥克斯，归程坐上了一辆出租车，花了不少钱，结果还是没想起该讲什么。我累瘫在床上，还在想，早晨我的脑子反正会清醒许多，见学生们之前再想办法吧。结果整个早晨洗漱时、吃早饭时和去教学楼的路上什么都没想起来。我希望必须开讲的时候会出口成章。我经常主持研讨班，事先脑子里也一片空白。但随后出现的情况完全如同噩梦：我说得结结巴巴，最后佯称身体不适，说这些全是病闹的，然后就逃之夭夭了。

我给自己弄了杯茶，就好像我真病了似的。我坐在窗边望向运河，看着那些能在蒙蒙细雨中漫步的人，因为他们没有做错什么事。我会停止漫步，这种强迫症必须终止。从现在到放假我将不再漫步。

但当天晚上我自然就明白了，若不漫步，我的工作效率会更低，耽搁的时间更长，这我可承受不起。结果第二天一早我又去漫步了，带上了笔记本电脑。

笔记本电脑不算太老，但还是让背包变得沉甸甸的。才走了一会儿，肩膀、脖子和后背就疼上了，最后髋关节和膝盖都疼上了。疼痛强迫我坐进一家咖啡店，和其他人一样，尽管看上去这似乎是我想出的妙招，一箭数雕：漫步和工作，同时还能碰巧撞上法里娅打工的咖啡店。可实际上自然是竹篮打水一场空。我背笔记本电脑的次数不会超过两次，来时一次，再加上把这累赘背回家一次。

有一次我试着不走路，而是乘汽车去一家放艺术片的影院。我最后一次见到法里娅也是在这样一家影院，上映的是苏联禁片。我还能清楚地想起两件事：其中一个角色在经历了一连串磨难、不公与羞辱后，在影片结尾时说：“重要的是：这不是战争。”还有就是我走出来时在前厅看到法里娅和其他几个人，他们在讨论着什么。我没有停下来，没有与她打招呼，也没有试图弄明白他们在说什么。我乘坐有轨电车返回了自己的住处。不知何故，我以往对电影的痴迷也消失了，我不会再去放艺术片的影院。

作为最后的尝试，我去了两个地方：在报纸《年轻匈牙利人在伦敦》栏目下登广告出租的房屋所在地，每周一百到一百六十英镑，这钱我也能挣出来。所以我先后去了伊斯特姆和阿布尼，在伊斯特姆住着很多印度人，而在新莫尔登区我听说住着不少朝鲜人，可那对我来说太靠西了，我根本不会去那儿。

“你认为朋友们说的有道理吗？”我问伊夫林。我们坐在一家咖啡店，身后坐着两位匈牙利女子。“你觉得有这种可能性吗？决定性错误就是一个事实，爱过一个人，而且没有掩饰这一点？”

“不可能，”伊夫林说，“关键是，他的感受不是这样。你其实应该感谢他，他没有把你束缚在一种关系中，你在其中没有被爱。”

听了这话我马上就爱上了伊夫林，当天下午和晚上我们都是一起度过的。她带我回了她家，伊夫林住着两间朝向运河的卧室，月租才一千英镑。

能有个伴是种多么难于理解的幸福啊，后来到的奥利说。他本想带他女朋友来，但是，“她生我气了，”奥利说，“她说：‘你忙你的，我忙我的，我们新年前夕见。’”

“毕竟，”伊夫林说，“她说了‘我们新年前夕见’。”

可奥利的情绪并未根本性好转。他一再地说“臭狗屎”这句脏话，而且对自己为我们做的咖喱饭也是百般挑剔，不管我们夸赞多少遍都没用。

伊夫林的住宅几乎全部空着，她甚至没有在每间屋里都装上灯。我们坐在地上吃咖喱饭。睡觉前我梦想着能在一家咖啡店打工，我高兴地盼望着能在宜家买家居用品，然后和伊夫林一起布置我们的家。稍后我还是害怕起来，因为我根本还没告诉她，我打算搬到她这里来。

幸好，当我醒后再次想到 G. 和法里娅时，我琢磨着，用不了多久后，我肯定能忘掉他们。

圣诞节前的最后几天，我终于和其他人一样正常工作了，天黑后我去慢跑。有一次我错过了维多利亚公园的出口，只好打破惯例，又跑了两圈，最后跑了两个小时，而不是一个小时。但我能抵挡诱惑，没有让这种事再发生。在第十三次火警警报后，我又拿出冬大衣，乘飞机回了家。

圣诞节大家都回家。树林里、花园中和田间小路上全覆盖着皑皑白雪，但我大部分时间都坐在里屋看书或是看碟，直到吃饭。我第一次离开屋子是圣诞节假期的第二天，那天全家一如既往、兴高采烈地进城去听圣诞音乐会。我并非心怀恶意，可大教堂人满为患，这到底还是引起了我的反感并令我发怒。我站在一扇门旁，但毫无能挤进去的希望。到处人头攒动，满眼望去都是帽子、大衣，几扇门大开着，人们进进出出。我一点也看不出这儿像是要开音乐会的样子，没看见一个音乐人，也没看见什么合唱团，只听见那么一耳朵，因为我满脑子都在想着后脑勺、帽子和大衣。我们家人也都戴着帽子，女帽、男帽，只有我例外，礼帽、便帽都没戴，只穿了一件冬大衣，里面是那件在伦敦买的青色高领毛衣。我脑子里尽是些糟糕的想法，比如大多数我在这儿遇到或是在别处见到的人都是多余的，大多数人都是多余的，没有哪个基因库需要这么多不同的变种。浪费，到处都是浪费，然后我又想自己是在什么地方把事情搞砸的，背井离乡八年后是不是必定自动变得无家可归了？还是我在什么完全不同的地方，很早以前或很久之后，与此无关地早把事情搞砸了？随后我想，法里娅肯定也在这里，在人群中，因为**每个人**都在这里，可我仍旧没有机会找到她。若能找到她，我想问问她，她怎么看待这一切，她找到了什么解决办法。

大教堂的经历毕竟让我又能走路了，与从前一样，我的鞋在雪地中变软了。这天我走遍了所有教堂，第二天逛遍了所有书店和古玩店。后者我很快就逛完了，一共不超过五家。接着我在一家新开的咖啡店吃了一份栗子泥，最后我走进影城的购物中心，在那儿邂逅了她——法里娅。她与其他几个人站在收款区，我不认识这些人，或者认不出来了。她既没戴礼帽，也没戴便帽，披着一条大格子围巾。她个子相当高，我不记得她有这么高，也许她在十八岁以后又长个了，她比其他人差不多高了一头。她发现我在盯着她看，就冲我看过来。依旧是那张马脸，可涂着睫毛膏，这让她的蓝眼睛显得格外漂亮。她微笑着，这明显是在对我微笑，我正准备转身走开，但我克制住自己，站着没动。

“嗨。”她说。

“嗨，”我说，“你还知道我是谁吗？”

“当然知道，”她说，“你怎么样？”

“我现在生活在伦敦。”我说。

她说：“真的吗？”

但不像也生活在那里的人的问话口气，因为：她根本不在那儿生活。不，完全不在，而且也不打算去那儿。她在布达佩斯学第二门专业，心理学。

“你妹妹呢？她怎么样？”

她知道我根本不认识她妹妹，但她不打算让人看出这一点。她说：“挺好，马上就中学毕业了。”

当她再次转身与朋友们交谈时，我趁机溜走了。

我坐汽车回到村里，躲进里屋看碟，关于法里娅的这件心事算是终于在一定程度上了了。这让我有足够的力气在新年前夕前往布达佩斯。家里人感到意外，也不知我去找谁，现在 G. 也退出历史舞台了。现在谈这个还太早，我故弄玄虚地说。

新房客薇罗妮卡允许我在她那儿——也就是我的房子里过夜。她与上一个房客完全不同，上一位叫杰奎琳，有黑眼圈。这姑娘目光清澈，梳着褐色发辫，学拉丁文和英语。新年前夕她没出门，来了两位朋友，我们四个人下棋，玩拼字游戏时，我赢得轻而易举，这也完全在情理之中。他们佩服地看着我，我比他们几乎大了十岁，有博士头衔，在伦敦搞研究，而且拼字游戏玩得很好。凭这些玩一晚上绰绰有余。

最后我们大家都睡着了，三个女的，一个男的，紧挨着睡在一居室公寓中。我可以在伦敦待到二月底。我决心在咖啡店找份工作，直到能拿到下一份奖学金。只要行得通，我就会这么交替地干下去，或是直到想起自己还能干什么。另一方面，现在我躺在薇罗妮卡身边……我睡得不踏实，一直做梦。我们合住会怎么样呢？十岁的年龄差距对我们这个年龄的人来说不算少，但还在可以考虑的范围内。她可以睡在楼上的回廊，我睡楼下，或者反过来。

第二天一早，当其他几个人醒来时，虽然他们仍旧很友好，但很明显，我的存在对他们而言是一种打扰。我尊重现实并且离开了。我乘车回到村里，去取我的其他东西。家里人说可以开车送我去机场，我说不必了，我坐大巴。

猎豹问题

DIE
GEPARD-FRAGE

案情：M自治市公共秩序服务中心于本年5月10日注意到，在一个拥有不少独户住宅的小区，W先生的花园中养着一只成年猎豹。当市政部门的工作人员登门拜访时，W先生告诉他们，自己独居，领取伤残抚恤金，亲手喂养的这只豹子。它是只母豹，四岁了，完全驯服。

5月12日治安局获悉，那只猎豹跳过高约一米八的花园篱笆，咬伤了二十二岁的泥水匠布鲁诺·S.。根据证人的证词，受伤前他曾通过扔石头和透过篱笆网孔用木棍捅等方式刺激过豹子。市动物收容所的工作人员顺利制服了这只豹子，并临时将它养了起来，因为其主人W先生不在家。

任务：请您启动必要程序！

考试时间为四个小时，伊拉斯谟·哈斯只用了三个小时，而且其中的最后半小时里，他一直无所事事地坐着。他拿回了身份证和手机，却并没有打开手机。他没绕路，而是直接去了有轨电车车站，乘熟悉的三号车去了岛上。下了一周雨后，河水猛涨，看上去就像猫在桥下弓起了背一般。从桥栏杆望出去，河水呈褐色，就像以前未经疏浚时那样。

岛上的一切都比城里要潮湿一些。伊拉斯谟·哈斯住在五楼，尽管如此，他常感到河水马上就要破窗而入了。水街四号，这名字不是开玩笑的。煤都装箱放在内院，地下室在这儿没什么意义。但现在反正快到夏天了，虽然暂时还在下雨，六月冷得赛过十一月，可这也会过去，未来五天的天气如何反正也无所谓。这五天是学期结束和夏季志愿者工作开始前的间歇，伊拉斯谟·哈斯会待在家里，在他那一居室中，与他的桌子、他的窗子、他的仙人掌、他的书架、他的床垫、他的炉子和他的食物相伴。吃的、喝的够五天的量。他不用踏上那湿漉漉的石子路半步。他对外宣称出游了，去看朋友，知道他那关了机的手机号的人本就不多，而且这些人都能等。

渴了有啤酒和葡萄酒，水只是为了防止脱水。今天是本月的十二号，他从左上角开始数，按顺时针方向，从第一箱饮料中拿起第十二瓶，是瓶黑啤酒。运气不赖。

他站在浴室镜子前，端详着自己喝啤酒的样子。褐色的瓶子，脑袋和脖子是粉红色的，白衬衫敞着，镜子下端能够瞥见粉扑扑的肚子，每喝一口酒，肚子就在两侧的衬衫间动弹。我的身体犹如城堡，还有那些飘动的帘子。身上所有的毛发都是一个颜色：红铜金色。脑袋上的长三毫米，脸上（还）没有，其他地方：如上帝所打造的那样。他呲了呲牙，牙齿发黄。长着犬齿的男子，一颗有，一颗缺。比一只猴子漂亮的男人就是奢侈品了，这是我母亲的口头禅。野生动物很少有掉牙的；只有驯养的家畜和动物园的动物才会被拔牙。

关于动物园。今天的考试题目是出给二年级结业准备担任管理部门雇员的考生的：猎豹问题。在“错误生命”[①]和“金钱补偿”[②]后，现在又提出了动物问题。而且问题是提给我的，伊拉斯谟·哈斯，前豹亚科饲养员。参加培训时已拥有的才能只有纯理论方面的意义，重要的是中学文凭和良好行为证书。

衬衫上还有氖气灯和漏油的圆珠笔的味道，他脱掉它。第一瓶啤酒已经喝光，他又拿了第二瓶。

答案范例：

尊敬的W先生：

---

① 美国法律上的概念，英语为“wrongful life”，指小孩或代理人所提起的诉讼，主张因医师过失未告知父母其胎儿有缺陷之可能，以致父母没有机会选择是否生下他/她，终致产下该有缺陷的小孩。

② 根据德国《民法典》，订婚人无重大理由就解除婚约的，在满足第1298条规定的条件时，必须向另一方订婚人及其父母和代替其父母实施行为的第三人赔偿信赖损害。有过错一方应对无过错一方承担损害赔偿义务（第1299条）。

由于您未经许可所豢养的母豹，根据1996年1月1日公布的萨克森–安哈尔特州公共安全与秩序法第三条，已经对公共安全与秩序构成威胁，M自治市按照该法第十三条宣布决定：

关于该动物，至……（日期）

或a）以注入麻醉剂方式令其死亡；

或b）将其送往M市动物园，以确保市民人身安全及健康不再受其伤害。

M市动物园往日也曾一派繁荣：美洲豹、斑马、水貂、山魈、金龟子、矮种马、马骡什么的。就差了淘气包和动物饲养员借以记住各个月份名字的Zehenbär[①]。没有Zehenbär这种动物，但伊拉斯谟在动物园的时候，那里有两只棕熊，它们是真正的一对，非常惹人喜爱。棕熊之恋，它们的交配期在五月到六月。相反，母豹子每两到三年只有大约六天愿意交配，而且它们极为挑剔，从而让试图圈养它们进行自然受精变得毫无意义，即使是人工授精也只有在极有利的情况下才能成功。例如附近不能有狮子，这会令母豹紧张。M市动物园今年虽然没有

① 德国诗人及作家克里斯蒂安·奥托·约瑟夫·沃尔夫冈·莫根施特恩（Christian Otto Josef Wolfgang Morgenstern，1871—1914）曾创作过一首淘气包如何记住月份名称的顺口溜：Jaguar，Zebra，Nerz，Mandrill，Maikäfer，Ponny，Muli，Auerochs，Wespenbär，Locktauber，Robbenbär，Zehenbär。最后一词直译为“脚趾熊”。

狮子，但豹子的受孕仍旧不成功。伊拉斯谟在那儿的时候，只有黑色的母豹令人高兴地有过小豹子，两只母的，一只公的。（有一次我看到过密封在锡箔中的熊排。可那是什么时候在哪儿见到的？我不记得了，也许只是梦到过。那也是很久以前的事了。）

他感到饥饿，但吃东西之前必须先去尿尿，头两瓶啤酒很快就喝完了。他能一直数到九十并保持尿流不断。他从浴室的窗户向天上望去：乌云密布、细雨蒙蒙，眼前能看到前面那幢房子的交叉天线，后面看不见的地方是那条河。水街，有人在一根用途不明的杆子上绑了一块蓝色的布条。它湿漉漉的悬挂在那里，看上去相当破败，但以前可能是面旗帜。那个把它挂上去的人不知是否还住在前面那幢房子里。

从前面那幢房子里可以看到渡船的老码头。就在伊拉斯谟·哈斯离婚后搬到岛上来时，也就是一年前，老码头停止了运营。最近又有了观光船，但它们不停靠在这里，而是在对面的老城一侧。有人在渡船的老码头安放了一把长椅，一把丑陋的白色塑料长椅。在公共场所安放长椅需要得到批准，这种设计是永远不会获得批准的。至于它还没被风吹走，或是被人扔进水里，这已经是个奇迹了。伊拉斯谟从未在那里坐过，他只是偶尔站在长椅旁边，望向水面。有时他会想坐一次观光船，可到现在也没坐过。有一次，有个人划着小船经过老码头，曾对站在长椅边的他喊道：“嘿，你想不想上船来？”他摇了摇头，划船者驾着小舟继续顺流而下，驶向咖啡烘焙厂，观光船也在那里掉头。有时风向会让整条河都散发着咖啡味，然而一旦驶得离工厂很近时，空气中弥漫着的反而是股煤烟味。

孩提时代的他喜欢这股褐色的味道，也喜欢渡船的柴油味，他认为这是进步的标志，如同田地中堆放的那些色彩柔和、颗粒均匀的人工肥料。进步无法阻挡，必将继续进步下去，领域越来越宽，步伐永远不停。后来他年轻时，基督升天日总是下雨，他们一帮人站在桥上试着往河里撒尿。这并非易事：他用一只手把着自己的鸡鸡，尿出的尿在暗色的河水中形成一股金色的长命圣水，他想：我用它来洁净那肉汤般浑浊的河水，如果我的炼金术士的肾脏能“点食成金”的话。浑身湿透，牛仔裤、牛仔外套，还有当年的披肩长发——红铜金色的鬈发。你们会成为什么样的人，小伙子们？我会成为往河里撒尿的主儿。我会给这一切消毒，是的，抓紧我，抓住我的裤袢，我现在宣布自己是新的桥墩圣人！就在这个节骨眼，他裤子的袢带被扯断了，幸好他没有栽下河，惊魂未定的他不得不在又湿又油的桥面上坐了片刻，并发出狂叫。

抽水马桶拉绳末端的陶瓷手柄碰到墙壁瓷砖发出的砰砰声给人一种满足感，褐色下水道中已经恢复平静的水面有一些小气泡。其实他现在有时间打扫厕所卫生。不急，他又拿了第三瓶啤酒。

这肯定不是一个人所能做的最理智的事，可伊拉斯谟·哈斯已经好长时间没有如愿酩酊大醉过了。最后一次喝得烂醉是在去年夏天，甚至是在公共场合，可人们能看出他让人给甩了，遇到这种事，一个男人除了喝酒还能干什么？但此后他再没如此失态过，而且那次醉酒前也有一年多没醉过了。瘾君子，包括酗酒者，不光不适于照料有潜在危险的动物，而且也被排除在公务员培训项目之外。实际上，这两年来他一直在克制自己，所以当他琢磨这五天在没人监视的状态下他能做点儿什么时，唯一想到不可错过的事就是：买一两箱啤酒，再来半打葡萄酒，外加一箱水。未来五天他将随心所欲，喝他个一醉方休。你们逮不着我，现在我会在自己家里度过这五天：喝酒、看电视。

（这是怎么开始的？不显山不露水。十四岁时喝了第一次，此后就停不下来了。喝酒对他而言不是什么特殊状态，而是让他感到最自然的状态。喝，喝醉。

第二条第一款意义上的危险动物是：

下列大型猫科动物：

狮（Panthera leo）

虎（Panthera tigris）

豹（Panthera pardus）

雪豹（Panthera uncia）

美洲豹（Panthera onca）

美洲狮（Felis concolor）[①]

猞猁（Lynx，各类）

薮猫（Felis serval）

猎豹（Acinonyx jubatus）

（危险的还有蜘蛛、蛇和熊。他的前妻管他叫“熊”。无所谓。）

在电视机前喝酒的人，也在那儿吃东西。冰箱里有新买的硬豪达奶酪。他认真洗了手，把奶酪切成薄片，再配一片搁得住的黑面包，抹上咸黄油。他用两块木托板端着所有东西，再次回到起居室中放着饮料存货的地方。佐餐的是红葡萄酒，螺旋盖的。我们喝它不是因为口味，而是为了回忆。他直流口水，奶酪配红酒。

他自然有开瓶器，可为了保持时尚（也就是“像以前那样啪地一拍”的）情趣，他宁愿将螺旋盖卡在包有金属边的炉子上，然后用手平拍上去。打不开，根本打不开。他不罢休，用

① 根据维基百科应为 Puma concolor。

隐隐作痛的手掌又试了一次。两次、三次，嘿，怎么回事，疼痛竟然向肩部和胸部反射回来，真他妈倒霉，再试一次。他猛击瓶盖，啪的一声，瓶盖终于掉了下来，可瓶口也随着瓶盖掉下来了，同时还有别的什么：在他体内，位于肚子中间的柔软部位，突然感到有什么东西爆裂了，向上升腾，进入嘴里。瓶盖缓缓地反弹到炉台底座上，他能看到自己摔倒的每个细节画面，与之交替出现的是金属发出的暗光，瓶盖里面的白色软膜衬垫，以及卡在炉边的酒瓶碎片，那碎片锐利得像个箭头。

你这个倒霉蛋啊……他抬起身，从嘴里涌出的不是话，而是别的什么液体，流到他手上，颜色比葡萄酒红，温度类似体温。这东西溅到炉子上，沾在炉座上。他还看到瓶盖如何弹了起来，下一股血流又冲了上来，接着就眼前一黑。

过道是深色的，他用地板漆刷过。本该再打磨一下，可他没兴趣把打磨机提上五层楼。地板的颜色是深褐色的，两个过道之间地面呈细沙状的隔间无法上漆。现在他的鼻尖正好就贴在那块地方，地板边缘的小玻璃碴紧挨着他的眉毛。他昏迷了多长时间？他的脸紧紧贴着过道，脸上的皮肤被痘痘留下的痕迹弄得很粗糙。这儿是粉红色，那儿是深褐色，其他的一切都是深红色。

酒瓶掉在地上，但显然没全摔碎，他能看到瓶子。里面的酒自然都流了出去，只剩下一点儿残余。地板上是红酒与血，下巴上、胸口上和肚子上是汗和血。其他的他就看不见了，谁知道还有什么地方有血迹，他又闭上了眼睛。

再次醒过来时，血膜的表层已经干了。他看到了血迹后面露出的装着水的箱子边，喝点儿水肯定有好处。

他伸出一只手，然后是另一只，成功地把箱子拽到自己的肩膀附近。俯卧撑从来都不是我的强项。他用颤抖的胳膊肘支撑着，将肚子从地板上抬高了一厘米。天啊，疼得厉害，烧灼感、切割感同时出现。当他放松自己，为了再躺回地板上去时，他感到自己似乎像从数米高的地方跌下一般。刹住，别丢了小命，减轻疼痛，可怎么才能做到呢？他喘着气，嘴里有液体，他尽量小心地把脸贴向地板，轻轻张开嘴唇。嘴里流出的血渗入地板缝，有几滴滚过浅色灰尘并停了下来：如同沾着糖粉的巧克力小球。他强迫自己不要再闭上眼睛，盯着那些沾了土的小球看。只要他失去端详的焦点，他会重新瞄准它们。

第二次尝试时，他聪明了些：先滚动到侧卧姿势，然后试着慢慢坐起来。他坐着往前移动到装着水的箱子边，从中拿出一瓶水，仅用发黏的双手拧开螺丝盖，尽量不用腹肌发力，这并非易事。也许根本打不开，他想，看来他得一直挪动到浴室去，但此时瓶盖已开。是苏打水，水喷到他脸上，他擦干了脸上的水。下巴上干枯的血迹造成的张力得到了缓解，他用食指把干燥的嘴唇边缘也洗了洗。指尖上聚集了褐色液体凝结成的颗粒。土耳其咖啡，这也是很久以前的事了。他把瓶子举到嘴边，但冒着泡的水并不好喝，他只喝进一口，漱了漱口，又把水吐了出去。胃疼得不像晕倒前那么撕心裂肺了，但却比他所能忆起的历次胃疼都厉害。毫无疑问是胃出血了。他看了看过道的那摊东西，其中有多少是葡萄酒，又有多少是血，血是否多到得叫救援，还是不依赖外援就能活下来？四天，五夜。关了机的手机还在外套兜里，外套挂在过道很远的地方，但有点儿耐力还是能坚持移动到那里的。一伸手就有紧急按钮，那只是应急措施。医生们有保密的义务，父母应该也不会出卖他，但还是小心为妙。开机会让人觉得过早地认了输。那就最好还是等着命运的宽恕吧。是福不是祸，是祸躲不过。如果我得在这儿流血而亡，那就流吧。

他坐在屋子中间，想到若是能靠在哪儿会好得多。他移动到墙边，费力地转过身，小心翼翼地把背与后脑勺靠在了粗糙的壁纸上。

从这个角度看，桌子遮住了部分窗户。他从桌子上望过去，浅灰色的窗格中露出一个酒瓶瓶颈的轮廓，是今早喝过的芬兰伏特加，还剩下小半瓶。胃疼得喝烈酒，牙疼得用伏特加服送阿司匹林，用伏特加漱口。在他前妻还是他女朋友时，为了治她的牙疼，他就是在一家购物中心给她灌了伏特加、吃了阿司匹林的。回忆令他瞬间很幸福，似乎他们还在一起。就像我凭这类壮举还能成为英雄，事后我们还能高高兴兴地回家，甚至做爱。然而过后疼痛再次来袭，他不得不送她去看牙医，那里的人对他相当无礼，尽管他们并不知道他是否做错了什么，也许他们就是些粗鲁的人。忘掉那可恶的伏特加吧，试着去浴室，那里有真正的水——这么想着，他又晕了过去。

再次睁开眼，他感觉有什么在看着他。大绿眼睛直视着他的眼睛，这眼睛不是人的眼睛，而是兽的眼睛。这只巨兽站在比他高的地方，盯着他看。一张猫脸，但巨大无比，是只大猫。看起来一动不动，但他了解这一套。每根神经纤维都高度紧张，现在如果我动一下，它就会撕碎我。

他知道这不可能，他的起居室中不可能有猎豹。思维要有逻辑性，这是幻觉。只要他一动，它就会消失，或不消失。他的心在剧烈跳动，作为动物饲养员你不可忘记怀有恐惧。男子在起居室中被猎豹撕碎，治安局已介入。想想什么符合逻辑。他试着转动眼珠，而不被对面的野兽发觉。

真相自然完全平庸无奇。他无法回忆是怎么回事，但他肯定离开了所靠的墙壁，试图去浴室，半途却躺了下来，直接躺在了那本可恶的猫科挂历下。那是他母亲送给他的圣诞礼物——猫。十二只时髦的家猫，这个月的是孟加拉豹猫。巨大的嘴部特写，大到画面上根本看不见耳朵和髭须的尖，能看到的只有眼睛和鼻子上的纹路。孟加拉豹猫拥有猎人的眼神和豹子的纹路。豹子和猎豹是近亲。所以你把它看成了猎豹，一切都是事出有因，这只是角度的问题。自己母亲完全未加思索所送的礼物，要说这礼物有什么寓意，无论是清醒还是喝醉，这都是难以想象的。

直到一年前他还爱着的那位女子爱猫，如她所说“胜过一切”。（年轻的运气。他是动物饲养员，她是托儿所保育员。年轻的运气在哪？他母亲在一次家庭聚会上问，惹得大家哄堂大笑。）他曾说过，她其实必须理解，为什么在动物园工作的人不喜欢家养的宠物。

“家猫的寿命比自由活动的野猫长五倍！”她得意地把词典举到他鼻子底下让他看。

“这个事实并不重要。”他说。

对此她义愤填膺，她不许他如此傲慢，此外还谴责他自私、顽固和缺乏对她的爱，可她并没有为此与他离婚。甚至当他在长达一年的时间里每日酗酒时，她都没有离开他；然而恰恰就在他停止了喝酒，为了她和自己的父母开始这一无聊透顶的职业培训时，她离他而去。这显然太晚了，她说。“我不再爱你。”她拿走了婚床上她那一半的床垫，搬出去的第一个星期就养了两只猫。

他成功地挪进浴室，又成功地迈进浴缸。浴室中甚至没有煤炉，但却有浴缸。是上一位房客安装的浴缸，一个老式的带腿浴缸。由于没有相应的下水管道，这位房客为电动淋浴器安了一个排水装置，把排水管放入洗脸池。他做这一切当然是为了一位女子。

他成功地冲了个澡，虽然洗的过程中有时有点头晕，但很舒服。他也冲了嘴，这也有必要。他彻底冲洗了牙齿，但不想将水吞下去。谁知道那股金属味确实是来自老旧水管，还是与他内脏的变化有关，小心没大错。我能琢磨这些，说明我对自己是不是死在这里其实并非无所谓的。

（有一次，唯一的一次，也与致幻剂有关。夏威夷鼠尾草或什么类似的东西。我跪在马桶前七个小时，并祈求：请不要让我死在这鬼地方。人们会认为，这种经历有治愈效果。但酒精例外，完全不同。）

脏衣服不能再穿了，拿干净衣服的路又太远。他再次坐到装着水的箱子旁，颤抖着打开了所有瓶装水，好让碳酸慢慢挥发。气泡崩裂时发出的声音很动听，有的水汽甚至溅到他脸上，那是一种柔和的触碰。它们似乎在说：根本不用担心，你还活着。最近他不知在哪儿读到过：人最终得接受，自己的身体不再存在于世上。他读到此话时茅塞顿开。现在他光着身子坐在起居室和浴室之间，想着四天、五夜。他身上发冷。

去衣柜的路太长，但他能移动到床边。也就是挪动到床垫那里，他已经把床垫从共同的床屉上搬了下来。变卖了床和其余的家具后，他把得到的钱与她公平地分了。“谢谢。”她说。

他爬上床垫，拉过被子盖在身上。脑袋陷入枕头中，在发晕之前他控制住姿势。现在他看见的不再是猫眼睛，而是书架木板的反面。我当时想什么来着，在床头装了插板书架？书架虽然用螺丝固定在墙上，可还是不靠谱。上面放着许多上学时读过的庸俗低级的书籍。词典，地图集，一本有很多图片、介绍航空先驱们的书。布雷姆撰写的六卷本《动物生活》，以及一本医学词典，附有生殖器官图与各种性病和连体双胞胎的照片。出血的学名是 Hämorraghie①。若是肺或肝脏出血的话，他大概已经死了，只可能是胃出血。如果幸运的话，也许只是个瘤子。保持电话通畅毕竟是件好事。他想喝水，而不是仅仅打开瓶盖，然后不喝。

可自然还是没喝水。床垫吸附着他，他动弹不了，尽管如此他还是随着床垫微微晃动，这让他有点儿恶心。最好能尽快睡着。窗子漏风，这是好事。从窗缝钻进来的风轻抚着他的面庞。

他梦见自己的身体是如何躺在床垫上的。他把注意力集中

---

① 原文如此，正确拼法应为“Hämorrhagie”。

在轮廓上，以便不用去想中间的部位。不必倾听体内的动静，最好感受一下周边，手指尖、脚趾尖、鼻尖，还有穿堂风，它多么令人惬意。他梦到窗户大开着，因为夏天终于真正来临，随后他发现，并非是窗户开着，而是屋顶没有了，抬眼就看见了天，他高兴得心跳加快。上次感到这么幸福还是在房顶上，那是自己第一次躺在房顶油毡上，身边是在垂泪的巨型蜡烛，头上是天空与飞燕。他们婚后住的第一幢房子如此破旧，以致有轨电车驶过时，房子里的一切都会跟着颤抖，就更别说大卡车驶过时会如何了。这种颤抖现在又出现在梦中，跟当年的情景一模一样，木头咔咔响，玻璃叮当，金属则发出当啷的声音。从下面传来轰鸣声，是什么声音？瞬间他以为自己不再躺在屋子里，而是在桥上，床垫载着他转移到了桥上，但同时又好像站在桥上，用手抓着桥栏杆，因为桥像发疯一般在晃动。现在他还看见了河水，河水确实在他的下方，就如同他从自己住的地方能够弯腰见河一般。要小心，不要摔出桥栏杆，栏杆代替了家中的四壁。他小心翼翼地弯腰去看水，他现在的任务就是看看水在干什么。这时在水面上蔓延的一股巨大震颤直接向他袭来，恐怖得超出预料，他吓得吸了一口气使劲仰头向上，恐惧升级，因为向上看到的突然不再是天空，而是昏黑的房顶：它正倒向我吗？

他吓得猛地坐了起来，他的肚子并未成为阻碍。他又吸了一口气。

尊敬的女士们、先生们：

在此我对贵方的处置提出异议，并提请考虑，这只母猎豹是我唯一的终身伴侣。我认为贵方的处置是在滥用权力，我的利益没有受到足够考虑。这只动物非常驯服，它并不比一只大狗更危险，四年中没有发生过一次伤人事件。在类似情况下，一只狗也不会被立即处死或是被带走。我请求诸位让这只动物留在我身边。

此致

W.

这回我大概算是遇上事了。管理部门雇员候选人，品行证书，答案范例。往河里撒尿毕竟不是职业，动物饲养员是一种职业，它既因浪漫想象令人向往，又因脏、累、危险和报酬低而让人却步。如果他继续当动物饲养员，也许不至于混到这个分上。伊拉斯谟·哈斯的前妻放弃了婴儿保育员的工作，以便实现自己开美容院的梦想，他也应该干出点儿名堂。没有人应该轻易放弃成为公务员的机会，为城市收取污水处理费也不是什么丢人的差事。可这明显已经为时过晚，一旦一个女人不再爱你，那你口齿不清地引用Nasobēm[①]就不再是有趣的事，而仅

① 一首关于一只虚构动物的诗，作者克里斯蒂安·奥托·约瑟夫·沃尔夫冈·莫根施特恩，参见第215页脚注 。

仅是可怜。既然开始了培训，那就坚持下去，他母亲说。反正不会有什么害处。

透过关着的窗子能听到呼喊声和警笛声。出事的地方并不在这里，钢桥将声音传过了河，传到老房子毫无修饰的石头外墙，内院都能听到。人们在此甚至听得到圣灵降临节时的喧闹，自然还有游行队伍，该队伍总会在滨水区走上一小段路。可屋顶的涂层落到脸上时，他却还是有点意外。

他一动不动地坐着继续倾听，现在坐着已不需要靠着哪儿了。他倾听不是出于兴趣，而是为了转移注意力。一般来说，从节奏上就能听出是什么人又在步调一致地行进着：咣咣的皮靴落地声是纳粹分子；沙沙的脚步行进声是反纳粹游行者。最近双方就发生过冲突。他正想去桥对面的商店买比萨，偏偏就遇到双方的游行队伍在桥上狭路相逢。警察将他们隔开，他们站在那里互相谩骂，桥在他们脚下颤抖。不知何时他突然没了兴致，转身回家，喝起了液体面包[①]。

窗台上放着芬兰伏特加，伏特加可以去除口气，只喝一口。可他并未起身，只是呆呆地凝视着波纹窗玻璃。远处传来教堂的钟声，难道已经是礼拜天了？

他试了试能否站起来。能，而且甚至几乎没有感到疼痛。

① 即啤酒。

并不比平常疼得更厉害，只是感到有点儿筋疲力尽，这并不意外。就好像被一伙人刚胖揍了一顿似的，在镜子里还能看到挨揍的痕迹。有些瘾君子惊奇别人能看出自己的状况；另一些瘾君子则惊奇没人能看出自己的状况。他想起自己的父母，终于走到过道去拿电话。

有五个打来的电话和一个留言，全是来自他母亲。

“只是想知道你们那儿是不是也地震了。这里震了，但我们一切都好。”

原来他突然醒来是因为地震了。出去，出去，看看情况，去桥那儿看看灾情，或许什么也看不见，没准能看见什么。可当他转身想随便穿件衣服时，他又看到过道那一大摊葡萄酒和血迹并改变了主意。

他打开窗户，以便听到外面的情况并放走龌龊的气味。最难闻的是狼和豺的住处，其次是猫科动物。他没有穿衣服，穿它干吗，待会儿再说吧。谨慎起见，他往塑料水桶中倒入一半温水。从起居室开始打扫，换了好几次水才把一切都擦干净。最后他擦了浴缸、抽水马桶和洗手池之间的地。从开着的窗户进来的穿堂风明显吹干了过道和地毯，住宅里充满了浓咖啡的味道。

把一切都整理好，将自己也收拾妥当，他这才走出家门。

楼外站着几位邻居，情绪不错，互相坦诚相待，在共同经历过无害的特别事件后人们彼此都会这样。他与他们寒暄了几句，然后没有去桥那儿，只去了渡口。白色的塑料长椅仍旧在那里，确实只是一次不值一提的小地震。

接下来他开始清洗染上血迹的衣物，并把它们挂在浴缸上方。他等不及它们晾干，就这样他还是晚了一天才去参加志愿者工作。接下来的三周里，他在动物避难所照顾流浪狗。他再回到家时，考试结果已经出来了。没通过。

“你是故意没通过的吧。”他母亲说。

“不是，”他说，“我没开玩笑。还是不是，再说一遍，我不想喝咖啡。胃不好。”

“那是因为你酒喝得太多。”他母亲说。

“还能怎么办。”他父亲说，作为前物理老师他必不可少地看到过很多人通不过考试，“再考一次吧。”

“行。”伊拉斯谟·哈斯说。考就考呗。

遭到拒绝的答案如下：

范例答案是滥用职权。第一种解决方案应该被取消。

理由：猎豹虽然是食肉目猫科动物，但它们在狗与猫类的系统分类中占有特殊地位（比如它们无法收起爪子，而其他所有真正的猫都能收起爪子）。养猎豹不比养狗更难。在20年代，猎豹是富人喜欢豢养的宠物，并未因此发生值得注意的伤人事件。

杀死这类动物有违更高级别的法律（《华盛顿物种保护协议》，见附件II）。将该动物移送动物园亦不具可行性。猎豹生活在家庭氛围中，大约一岁的猎豹无法再融入一个群组。使事情更为困难的是，这是一只人工喂养的猎豹，它视人——而不是猎豹——为自己的同类。几乎完全可以肯定的是，一旦试图将W.先生的猎豹移送动物园的猎豹群中生活，那无异于宣判它的死刑。

建议：让该动物留在W.先生的花园中。然而建议采取增加其逃跑难度的措施，例如将栅栏向内一侧自顶部起安装电网，或是增高栅栏高度并令栅栏顶部向内倾斜。

至于豢养许可：鉴于已知事实，一个被第一道禁令已经弄得不知所措的怪人可能难以下决心造访治安局，治安局可以依职权发放该许可。

礼物或观音搬家

DAS GESCHENK ODER
DIE GÖTTIN DER BARMHERZIGKEIT ZIEHT UM

事有凑巧，佐藤正彦无须上班的第一天——因为他确实结束了手上的一切工作，完成了与接任者的交接，与各处的同事们告了别，该开的欢送会开过了，该整理和搬运的杂物也都处理了，而且他妻子外出旅游去了——是个令人难以忍受的灰蒙蒙的十一月的一天，这一天确实且完全供他自由支配。现在你成了退休人员，先是名义上如此。退休人员是个脱离了职业生涯的人，每天的生活千篇一律，知道自己什么时候在哪儿该干点儿什么。佐藤正彦对此却还一窍不通。他并非一夜之间就跌入这种新的生活状态，他有很多个月（其实还要早：数年）的准备时间，其间他本可以预先计划，为下一个生活阶段做好准备，但他在这方面什么也没做。其实他并没有想入非非，觉得自己能当终身教授，尽管这对他本是再自然不过的事，他不把自己的生活划分为工作时间和非工作时间（所谓业余时间），他的生活就是他的生活。他知道：有些事情的时间会统筹计算，一旦相应的数字累计完成，相关法令就会规定该做什么。比如退休，除非某人在专业上无可替代，或是找不到合适的接班人。在这种情况下，此人在其岗位上最多可以再工作五年。但眼下有合适的候选人，佐藤正彦也并非无可替代，即便不是如此，挡别人的路也是不懂规矩的。而且挡的是他妻子薇拉的路。

他有个大概的计划，许多教授都有这种计划：写一本书。写一本与他迄今所写的书籍完全不同的书，以前他写的都是与其专业——日本研究有关的非小说类的专业书。他对外宣称会继续写非小说类的专业书，但他秘密地准备写一本简短的散文书。就像当学生时那样，用一个本子遮住另一个本子，以便主要在下面那个本子里写。上面那个本子写得相对慢，速度保持在不引起怀疑为宜；下面那个本子的书写进度则要快得多，或同样缓慢，或根本写不下去，可惜这些都是无法预测的。但眼下这些本子还不存在，不具体存在。暂时，我们说到年底这段时间，正彦想试着做一件他这辈子基本上没做过的事：工作（研究、教学、备课、改作业、管理等等）之外的时间不再用其他的工作（继续研究、写作）来填充，而是，该如何表达呢：过日常生活。做其他不永远工作的人们所做的事情。如果能有个合适的时间点来进行这一改变，那无疑就是现在。

比如可以多做些家务。找些喜欢做的事，或是虽然找不到这种事，但现在有更多时间后，为了公平仍然承担一部分家务活。例如负责最费时间的活——做饭。如能做到这一点，那么薇拉就可以不受干扰地在她的房间里工作，从事日语、捷克语或是葡萄牙语的翻译。等到十二点半她感到饥饿，来到厨房时，他已经准备好了什么，首选是一道汤，这容易做。

现在的情况是，佐藤正彦不会做汤，容易的、复杂的都不会，他也不会做寿司，至少不会做让自己吃着满意的寿司，但我们实际上在说什么啊？要说的是，为了能在这方面稍有长进，他必须更好地了解情况：什么东西在哪儿，以及我们一般从哪儿买它。熟悉自己住的市区和别的市区，目的是最终至少对自己住了四分之一世纪的城市有所了解。他几乎不认识这座城市，因为他在这么多年里做到了能不去的地方就不去。（听说城里有做蜂蜜的人，他们有一箱或两箱蜂。比如，这是很有趣的想象。）

他出了门，第一次去散步，结果这次散步就像此前提到的十一月的天气一样，比他想象的要残酷得多。

原来我们就住在这里，一条毫无特色的小街，到处是战后的建筑，灰色和米色色调的楼房表面留有烟雾的痕迹。毕竟还有些树木，可眼下光秃秃的。若是有树叶，绿色的、其他颜色的，那看上去多少要顺眼一些。总而言之，人们会自问：为什么我们会住在这儿？也许，因为向右拐不远处就是一条大街，那儿有地铁站，佐藤正彦乘地铁去上班，二十八分钟就可直达工作地点，加上两边步行的时间也不会超过四十五分钟，这在一座大城市是一种权衡因素。他熟悉这段通往大街地铁站的路，却说不出沿途都有些什么店铺。他从未在那里买过东西，显然也从没打量过那里的橱窗，所以也不知道什么地方有卖什么东西。他对商品不感兴趣，在其专业之外他只对吃有兴趣。因此他熟悉自己那条街的面包房和日本餐馆，他们（他和薇拉或和客人）定期去那里就餐。如果不是向右拐入大街，而是向左拐，走到头再向右拐，下一个街角处有家亚洲食品店，他有时在那儿买冷冻的海草沙拉、腌萝卜和毛豆。当他走过还没开张的日本餐馆，向同样关着门的亚洲食品店走去时，他想到这可能也是薇拉选择这处住宅的一个原因——以便他能继续保持自己一向的饮食习惯：吃米饭、蔬菜、鱼和海鲜，这在一座不靠海的城市既不容易，更不便宜。薇拉还注意让家里一直储备着腌鸡蛋，其实他自己也能做，确实很容易，但他只在刚结婚时做过几次，后来就再也没做过。

此外，这里还有按摩沙龙：医学的、美容的、色情的，开沙龙的分别是泰国人、日本人和中国人。还有一家俄国人开的。所有沙龙的橱窗中都毫无例外地摆放着兰花。兰花本是漂亮的花，可这么孤零零地摆在按摩和美容沙龙的橱窗中，周围空空如也，在十一月灰蒙蒙的日子里反而显得格外荒凉。（十一月的房屋。佐藤正彦在琢磨，这是否是个值得记住的词。作为未来的作家，他犹疑不决。荒凉的兰花，又是这么一个词。）

他走在路上还不到五分钟就腻了。首先是受不了自己贫瘠的思想。（不，这没有诗意，或是不够机智。这……我也不知道该如何形容。）他正准备放弃，尽管已经看得见他常去的亚洲食品店了。他想回家。不，其实他是想去乘地铁。习惯成自然，他想去自己以前常去的地铁站。可在地铁驶往的目的地站已经没有往日所熟悉的工作场所了，再去早晚会引起令人尴尬的注意，索性还是回家吧。因为：这种散步有什么意义呢？人在大街上会失去什么呢，除了从具体的A点到达具体的B点？没有偶然性，因而在街上长时间毫无具体目的的逗留，被普遍视作可疑（流浪者）或值得同情（无家可归者）也就顺理成章了。这么心猿意马地走着走着，他就离开了小街，来到一个小公园边。在草地的中央有一棵落叶松，它正在失去其金黄色的尖叶。正彦驻足观望萧萧落叶，这是他今天出门以来首次看到的赏心悦目的事。一株正在落叶的落叶松，它并非均匀地同时摆脱落叶，而是一簇簇地，先是这里的树枝上落下一簇，接着一段时间里，树叶几乎以不令人察觉的方式刷刷作响，然后又是一簇，而且根本没有刮风。佐藤正彦站在那里很长时间，观看落叶过程，甚至被遛（哈！）[①]的狗都无法让他感到受干扰，而不得不继续往前走。不知何时

① 原文直译为被领着散步的狗，此处联想到主人公的散步，故有此感慨。

他感到太冷了。一切都太薄：鞋底、袜子、裤子和外套。（是不是穿衣习惯也必须改变，以适应新的生活阶段？）落叶松的树枝上仍有很多松针，他准备明天再来，看看它如何了。（明天落叶松可能已经全秃了的设想是让人悲伤的。于是马上设想落下的叶子形成一块金色的地毯，落叶松笔直地耸立其上。无论如何：落叶松毕竟提供了一个视角。）

他再次振作起来，没有寻最短的路回家，而是走了来时没有走的一条平行街道。直到现在，这条街是他最不熟悉的，因为无论他想往什么熟悉的地点走，这条街都是绕远的路。现在弄明白了，这条街和他住的那条街就像双胞胎。这条街上的两家店，一家是花店（兰花），另一家在街中部，正好与他的家背靠背，是家洗衣房。这儿的橱窗里也摆着一盆兰花，旁边有个小佛龛，上面放着一个贡品盘、一个香炉和一个木牌位，就像佛庙中出售的那样。佛龛两掌高、一掌宽，金色底座上立着一尊观音。观音观察世间声音。

观音是非常受敬仰的菩萨，其形象种类繁多，这里这尊的特别之处是佐藤正彦以前就见过的。毫无疑问，这尊与他所长大的地方附近的一座庙里的观音一样，他与祖母一起去过那座庙。他们在家里有同样的牌位，祖母已然谢世，就连父母也不在了，家里的房子也早没了，庙还有，大概那里还可以请到这种牌位。这里的这块牌位看着不旧，不像出自他的童年时代，或是出自另一位成年人的童年时代。

佐藤正彦踮起脚尖，好从隔板上方向店里张望，其实没有这个必要，因为隔板并不比里面的柜台高。柜台后面是两个旋转衣架，一个架子上挂着还没洗的脏衣服，另一个上面是清洗过、套着塑料薄膜的衣服。架子后面有响动，店里有人在走来走去。正彦落下脚，再次端详起观音，与他第一次看到观音像时一样：他被击中，就像一股安慰（或是：希望？甚至是：幸福？）随着这尊像通过他的瞳孔射入他的大脑，并从那里蔓延到他的全身，直至颤抖的手指。（既喜悦，又恐惧。）

店里的光线变了，有人在走动，此前一直在衣架后面的人走了出来，这是他第一次见到她：一位女子，比他年轻，也比薇拉年轻些，薇拉五十五岁，但保养得很好。这位女子已过中年，长发辫被她盘在脑后，发梢柔和地散开，犹如一把小扇子，佩戴着某种鸟的羽毛作饰物。她在柜台里忙碌着，弯下腰，又直起身，他盯着她看了一分钟之久，什么也没想。他若有所思地站在那里，直到旁边有人走进洗衣房，提示顾客光临的铃声刺耳地响了起来，就像响得太早的闹钟。那女子往这边望过来，准备笑脸迎客，她还没笑出来，佐藤正彦就已经逃走了。

他回了家，走进自己的房间，然后又回到起居室，那里的大书柜中摆着一部分他思乡的纪念品。但这些都是比较新的东西，是他念书时积攒起来的。他又走进了薇拉的工作间，这里也摆着一个书橱，里面有物件、图画和照片。他送给她的第一件礼物，当时她还仅仅是个普通朋友：一幅书法，写着祝她工作硕果累累。第二件礼物已经充满爱意了，是一幅图片。是他从报纸上剪下来并镶入一个镜框中的：曼·雷[①]为西蒙娜·科利内·布勒东[②]拍摄的著名照片，她坐在打字机前，身边聚集着众多超现实主义者。图片边缘能看到些许报纸，经年累月已经发黄了。这种黄色深深感动了正彦。下一个瞬间他又心怀妒意地在书架上搜寻起来，看那里是否有属于他的东西。可什么都没找到。一个小的还没有食指大的木芥子人偶是他儿子明人的，他在搬走时把这个人偶留给了薇拉，以便薇拉睹物思人时能想起他。他又回到自己房间，这里有他保留着的不多的几样东西：一本没有皮的古旧中国童话故事书，其他几本他小时候喜欢读的书，几个漆盒，一个玉质小招财猫，它之所以这么小是因为这种吉祥物令他感到尴尬，这也是为什么他没有保留父母以及祖母家更多的宗教象征物品。唯一曾属于他们的物件是一个碗，其他的东西他都留给了妹妹，她也珍藏了一些物品，他不知道有没有拜祭牌位。她那里还是午夜，反正他大概也不会

① 曼·雷（Man Ray，1890—1976）：美国超现实主义艺术家。

② 西蒙娜·布勒东（Simone Breton，1897—1980）：法国女权主义者和画廊老板，第一次结婚时嫁给了超现实主义者安德烈·布勒东。

为此给她打电话。（可以说是出于学术兴趣，这一向有效。）这里天也一下子就暗了下来，尽管还是白天。是雨云，随即就下起了蒙蒙细雨。佐藤正彦打开了写字台上的台灯，坐到桌边，拿起一个本子和一支铅笔，坐在那儿好几分钟，就要放弃了，突然往本子里写道：

一个男子通过一扇玻璃窗观看一位女子。

没了，他想不起来更多的了。写不出其他句子，脑中仅存的两个画面：金色基座上的观音和洗衣房女子的发型。此外就无法忆起她的其他特征了，她的轮廓是模糊的，就像一幅图画，没有记住其细节，现在回忆起来就无法清晰了。如果会画画的话，是无法凭记忆把她画出来的。佐藤正彦的绘画技术欠佳，尽管如此，为了更充分地留住这个刺激了他的依稀记忆，他试着将此女子的轮廓和其高盘在脑后的发辫样式画到本子中写着唯一那句话的那页上，可他完完全全地失败了。人们甚至根本看不出他画的是什么，看上去像是一个水坑，一片隐约有型的虚无。（再现一次动人的经历，我能做到的仅仅是：一句不知所云的话和一幅无从释意的画。）

他把还能找到的腌鸡蛋吃了，就着一块大白萝卜。剩下的时间他随意浏览网上的文章，翻看杂志与书籍。晚上他在经常光顾的餐馆订了外卖盒饭。最后又看了好一阵电视，因为白天不寻常的经历令他既感到挫败，又受到启发，以致让他睡不着觉。后来他在电视机前还是睡着了，醒过来后他满意地确证，现在自己的感觉更是一种期待、一种希望，它们不会随着这一天的消失而遁去。

第二天下午薇拉回来了，她问他获得自由的第一天过得如何。他答道："怪怪的。"她笑了。

三十年前他们在跳探戈时相识，那时为了学语言，她在名古屋待了一年。

"为什么？"

不为什么。她想看看行不行。

她的母语是捷克语，她父亲说德语，此外她自然还会斯洛伐克语，还有英语、法语和葡萄牙语。现在又学了日语。

而且他是第二天才知道她会这么多语言，相识的第一天晚上，他们几乎沉默地跳了一晚上的舞。经过两个小时默默地与同一位不认识的女子跳探戈之后，你的状态可想而知。当时她留着深褐色的娃娃头发型，右耳上方别着一个花发卡。她身上有几处浑圆的东西，令他感到完全与众不同：她的眼睛、她的乳房和她的臀部。他也开始留起了头发，因为他觉得这样自己也会显得更帅。

第一次跳舞一年后，他们有了儿子。儿子三岁时，薇拉的日语已经炉火纯青，她想离开日本。儿子五岁时，他们如愿以偿，正彦在德国得到了一个教授职位。

除了国家不一样之外，据正彦自己的回忆，他总是过着同一种生活。他此生有两个常数：一是他总在什么教育机构里，先是当学生，然后当老师；二是他这辈子从未一个人生活过，身边总有什么人，小时候首先是祖母，后来读大学时有同屋室友，再后来是薇拉。薇拉和明人，然后明人长大了，搬出去了，可薇拉仍在。总之他这辈子过得不错，热爱自己的工作，而且没有独自过过日子，这就福气不浅。佐藤正彦足够智慧，对此心知肚明，他也会知足的，如果他能做到，用别的工作（将写作本变成书籍，等等）来代替他不得不放弃的大学里的职位。而且环境也很有利，没有什么事和什么人能哪怕阻止他一点点，且不论他新遇到的困扰。

发生了什么事，此事的作用确实没能随时光而消失，而是延续到此后的日子，绵延不绝。佐藤正彦因此形成了新的日常规则：先在自己的房间待一会儿，他没有干活，而是装作在干活，然后走出家门，他也没有去散步，而是装作去散步，但在回家的路上采购时他没法假装，因为旁人无从分辨散步和装作散步，可采购不同，你或者买了东西，或者没买。无论如何，关键的是，他做的所有事情说到底都是在伪装，因为他每天唯一的重点是：最终经过洗衣房。

每天一次，不能再多。再多就过分了，可不去一趟则无法忍受。（星期日也一样。洗衣房关门，她不在，可观音在，至少有观音，大慈大悲的观世音。）每天去那儿成了惯例，但他仍旧未能找到一种总能（或哪怕能再次）奏效的步态。正彦也意识到这一点，他看到自己以各种方式经过那里。大步流星，好像有别的目的地，随便扫一眼橱窗里的摆设，因为总得看一眼什么。或是缓慢、十分缓慢地前行，边走边仔细端详一切。也可以站住，感兴趣地观赏小佛龛，往店里张望一番，然后失望，因为没有人往外看。在那里能站多久就站多久，心跳在加速，终于恐惧感过强，怕她可能出现并且往外看。他匆忙走开，低着头，一口气走到落叶松那儿，那树早就秃了。还有一次他走过时，那女子正好站在柜台后面，在做什么，走来走去。她的头发从未散开过，至少编成辫子，经常盘在脑后，很少戴饰物。有时候有顾客在，那她就微笑、点头或说着什么，这种时候佐藤正彦就继续前行。不能站住观察她与别人交谈，这不行，所以他继续往前走，很长时间脑海里还浮现着这一连串的画面，就像老电影里的镜头：一位女子，她点着头，无声地动着嘴唇。

偶尔有一天他决定不去那儿，但他坚持不住。有一回熬到晚上十点，直到他神经质地颤抖着冲出门去，薇拉当然无法理解。在雨雪交加中夺门而出，跑到那家店，自然是已经打烊，整条街的铺子都关了门，尽管如此，他仍必须走到橱窗前，在那儿站一会儿。观音在，观音和兰花，清酒和饭团。她犹如我们的家庭守护女神，您的和我的。在一个只有我们两人生活的家中，暂时只是两个被女神指定住在一起的人，您的房间，我的房间，供奉佛龛的房间。我们彼此不说话，一个默默窥视一位女子的男人，一位默默窥视一位男子的女人。从中会发展出什么故事，如果仅仅几个小时之后他们就彼此相爱了。如果需要数周、数月或数年。这些都会是故事，正彦。可佐藤正彦虽然知道别的文章只要下笔就能写，但却无法往自己准备的本子里写什么。只要你还被这种情绪控制着，你就没法动笔。这天晚上画面中供盘上的饭团是粉红色的。

“我当然知道我们附近有一家日本洗衣店，”薇拉说。（跟什么人谈谈，当然别道出真相。只是顺便提起。）“你的制服我都送到那里去洗，”薇拉说，“店主是个寡妇，有两个女儿，没有一个愿意继承那家店。老大在美国并想在那儿发展，小的在大学随便报了个专业，找到合适的人就结婚，然后只想做母亲。”

“你哪儿知道的这些事？”

“我跟她聊过天，用日语。我想被别人欣赏。”

正彦笑了。“那你如愿以偿了？”

“掌声虽然不像暴风雨般强烈，但绝对超过仅仅出于客气的程度。”

佐藤正彦露出了微笑。

一向机灵、能干的薇拉。她的头发仍旧是深褐色的，尽管如今是染的，她留着披肩发（这非常配她那小小的双下巴），刘海很密，遮盖着脑门上的皱纹，但眉毛露在外面，眼睛仍是滴溜圆。她是个，并且会一直是个漂亮女人。他们每周仍去跳一次探戈，这就如同是去散步。十二对舞者，起初很长时间他们看上去似乎在犹豫，他们用脚在地上探索，小心寻找着一条路。这正是佐藤正彦喜欢探戈的地方。必须探索与专注，既全神贯注于自己的动作，也对舞伴的动作尽收眼底。薇拉总能对一切了然于心，他的每个动作她都心领神会，但却不急不抢，尽管她知道下一步该做什么了。其他事上她当仁不让，但跳舞时她不争抢，这是罕见和了不起的事，对此佐藤正彦感谢他的妻子，因为只有这样才能进入那种忘情恍惚的状态，他在第一次与她共舞时有了这种经历，此后他只有与她共舞时才能一再经历这种状态。跳舞时觉得能够完全脱离时间的氛围，进入一种永恒的非睡非醒的境界，这并非总能做到，这次也出现了什么干扰因素。他感到不是在与薇拉跳舞，但也不是在与一个其他人跳舞，不，不是具体到在和洗衣店那位女子，而是似乎根本不是在与某人跳舞，反而是在与一股从未闻过的香气。当然没有证据，他就是相信这香味与洗衣店的女子有关。他们默默地跳了三刻钟，然后薇拉问：“你为什么在我身上嗅来嗅去？”

“你换新香水了？”

“没有，”她笑道，“你是不是正在重新发现世界？”

“可能吧。”佐藤正彦说，他们继续跳了一刻钟。此后他们感到很疲劳，就回家了。

接下来的做爱很成功，他全神贯注于所熟悉的薇拉的浑圆身子。

看来不是性，但那是什么呢？

男子想，看来他必须成为某种魔力的牺牲品。正彦往他的本子里写道。这回写的是汉字，这么做是愚蠢的，因为薇拉当然能看懂，别人谁会对此感兴趣。男子想，看来他必须成为某种魔力的牺牲品，不可能是我恋爱了，根本没有恋爱基础，如果有巫术的话，那21世纪也会有。

更多的他也写不出来了，他把这页翻了过去。

在他投身于什么叵测之事前，佐藤正彦决定必须走进洗衣店，至少与那女子攀谈一番。

第二天上午，他不疾不徐地从自己家前往洗衣店，往观音那儿瞟了一眼（一个新的白米饭团），然后走进店铺。进入店门后，他就站住了脚，如同撞了墙。柜台后面站着的不是那位妇人，而是一个年轻丫头，她睡眼惺忪，身穿一件桃色毛衣。她用一种像是没睡醒的口吻，问他有什么需求。这时正彦才明白，自己还没想好借口，没有拿着需要清洗的衣物。他先是想嘟囔一句“走错了”并顺原路退出，可他还没动作，那女子就从两排旋转衣架中走了出来，并冲他微笑。

接着他们就聊了起来，必须聊聊，若是现在转身走开，那就永远失之交臂了。所以佐藤正彦问橱窗里的观音是不是名古屋的。

“是的。”

“他来自名古屋。”

“噢，真的吗？”

她是不是也来自名古屋？

“是，来自中区大须。可那是很久以前的事了，二十五年了。”

“跟我的情况完全一样。”佐藤正彦说，并回报她一个微笑，他几乎已经看不见她的微笑了。他站在那里的时间越长，越看不清她，似乎他们刚开始交谈时她周围的一切就已陷入一层雾中一样（那女孩一直都在，还是已经走了？不知道。）他知道自己已经毫无缘由地迷恋上这位女子了，说不出为什么，就是爱上了。他们仍旧对站了半分钟，彼此没有再说什么，然后他客气地道了谢，鞠躬后离开。

他打开了那个秘密的本子，端详了一阵那乳色的纸张。

接下来的几天他根本没露面。不再去散步，别的事也不干。

“你能去买东西吗？”薇拉问。

“不能。”他说。

“怎么了？身体不舒服？”

他说自己浑身发冷，也许是要感冒。这时候买东西不合适。

“你好点儿了吗？”薇拉几天后问，“你愿意跟我一起去山里吗？”

他们每年去一趟波西米亚山脉。从车窗望出去，面对他看到并认出的风景时，佐藤正彦既惊奇又感激地发现：我妻子钟情的风景也成了我喜欢的风景。尽管这有些夸张，他唯一认识的就是这里的这条路，如果薇拉不开车载他去，他自己是不能把这项传统发扬光大下去的。

这是一家四星级旅馆，桑拿房就直接建在一条山溪的岸旁。薇拉裹着一条白毛巾，坐在木梯上让他为她照相，然后她给他照，他腰上系着白毛巾站在那儿。他们待了三天，其间也有一些瞬间，佐藤正彦没有去想那位洗衣店的女子，但大多数时间他都在想她，无论是躺在滚烫的桑拿间，还是站在冰凉的溪水中。溪对岸的草地上还有少许白雪，后面是郁郁葱葱的森林。这些瞬间不是“热”就是“冷”，或是“森林”（这是他没有想她的瞬间），但不久之后他就看到眼前有一条小路，穿过森林通往一个龛。（心跳，就是这样。原来在这儿，数十年我都没有走到过这里。）龛内立着一个金黑色的雕像。蹚过小溪，爬上岸，穿过草地与白雪，找到那条小路，找到那扇门，走进去，到达那里。他光着脚，只裹着一条毛巾往山上走。当他到达山顶时，不是像想象中的那样一个人。那儿有很多人，成百，甚至上千。他们都比他先到，但那雕像如此巨大，他从自己所站的最后一排也能看见，可他最终吓了一跳，因为那儿站立的不是一座巨大的镀金黑色木头雕像，而是洗衣店那位女子，不是作为雕像，而是有血有肉的活人，她完美地坐在那里，周围是蜡烛、雕像和供品，她微笑着坐在那里，有六米高。

“哎哟。”薇拉笑着说。

他突然从梦中惊醒，以致他跷着腿躺在上面的躺椅突然失衡向前倾翻。

“哎哟，”薇拉说，“别摔着。没事吧？”

“没事。”佐藤正彦说，他的心差点儿跳出嗓子眼。

薇拉笑了。

回家后不到一周，他轻描淡写地告诉薇拉他要回日本。

薇拉看着他的眼神，就像知道其中的猫腻。在有利的情况下她会以为我思乡了。

“好吧，”她说，“若是你待的时间太长，我就去找你。”

他们仍能笑谈此事，但他心知肚明，她也肚明心知，如果他可能甚至在年事已高时想落叶归根，她是不会追随他的。虽然她日语学得不错，可未必愿意在日本生活。得找到一个解决方案：她大概同意每年飞往日本一次，也许是两次。作为回报，他也得这么做。季节性婚姻，以天气为借口。自然的周期：先是樱花，然后是椴树花。当然前提是健康状况经得住这么飞来飞去，而且也要有足够的钱。这些都从薇拉的眼神中流露出来，正彦在她的眼神中领会到，所有这些念头她都想过，而且她一如既往为所有这些可能性都做了准备。她唯一没有想到的是，这事会与另外一位女子有关。

他启程时，薇拉偏巧得了流感，她晕晕乎乎，早晨把捷克语翻译成德语时只能借助英语才行，她怀疑自己已经有了痴呆症的早期症状。她有些紧张，正彦将她的刘海撩开，吻了她的额头。

虽然这是一场说走就走的旅行，但重要的事情均早已安排妥当。他无须住旅馆，一位搞跨文化研究的教授朋友，名叫约翰·山本的美国人，在大学校园附近为他搞到一处客座教授住宅。住处很小，只需七步就能从门口走到阳台，有厨房、工作间和铺着榻榻米的房间。一个双炉盘灶台，一张小写字台，一张折叠沙发床，一台电视。正彦的心跳加快，他几乎等不及热心的约翰终于离开。这住处光秃秃、空荡荡，浅棕色色调，正好适合他。他躺到榻榻米上，闻着好闻的竹子味，拉下一半的片状百叶窗也是竹制的。躺在这个空间中呼吸，若是他试着想观音或是洗衣店的那位女子（他管她叫今，意思是：礼物），眼前出现的不是具象，而是完全悠远的抽象。观音，今，薇拉：都想不起来，只有竹子。安静，这意味着能听到远处传来的城市的喧嚣。有时传来“库克——库”，有时传来“库库——库”的声音，像是互相呼唤的两只鸟的啼鸣，可正彦知道，那是红绿灯发出的声响[①]，离得很远，但顺风时偶尔能够听到。

最初几天主要用来倒时差和吃东西，度过得毫无问题。他和约翰在大学食堂吃了一顿饭（酱油汁拌豆腐，难吃极了），还有一顿是在一个小酒吧（烧茄子，非常好吃），此外他从超市买食品，即使是在那儿买的寿司都很美味。他的饮食像中学

① 此类声响让盲人能够知道何时可以过马路。

生时期一样，五天之内就减了不少体重，令他不得不用一把指甲剪在腰带上钻了一个新孔。他在浴室里站到马桶上，为的是能看见从膝盖到喉部这部分身体。他看上去既像一位老人，也像一个小男孩，二者令他既熟悉又陌生。他穿上衣服去了寺庙。

这座寺庙曾位于一座小树林中，但在他的孩提时代就已经不是这样了。那时有个小公园，有三层建筑。当他离开这座城市时，那里已经盖起了高楼，如今高楼还矗立在那儿。往日的公园只剩下了一排树和一群鸽子。

佛龛前的供品柜大得能躺下四个男子。佐藤正彦在那儿站了很长时间，看这看那：跳跃的烛火，镀金的佛像，供品柜，线香，花环，经筒，灯笼，菊花，柚子，饭团。一切都很美，就像圣诞节。明人总这么说。什么很美，就像圣诞节。燃烧的火炬散发出大量热气。佛像与记忆中的不太一样，不是黑色，完全是镀金的，立于一朵大莲花上。看上去像个男的，他记忆中的不是如此。也不可能是人们把佛像换了，这里又不是展览。唯一的两种可能是：或者他记错了，或者经年累月佛像发生了变化。这说得通。

人很多，旅游者和信徒们，他们按照规矩合掌喃喃自语，鞠躬并向供品柜中投钱。正彦看了看牌位，没有带观音像的。他在牌位前走来走去，也许是他没看见，被众多的祈福者挡住了。但他还是未能找到，她不在场。他犹豫着，最后还是往供品柜里投了点钱。必须供奉什么，但他没许愿，他注意让自己心无旁骛。这座庙他没有再来第二次。

他自然没有告诉约翰和薇拉他是来研究与写作的，至少对后者他绝对没有提及。他去给祖父母和父母上了坟，还去年轻时候的一位朋友的坟墓看了看。此外他就待在家里，无所事事。他每天出去，到附近的街上走走，顺便了解一下周围街区。起初，他吃惊地发现这些街区与他柏林住宅附近的街道一样难以认出。理论上讲，他在此还不是全然陌生，至少他认识前往校园的街道，可那些本不相同的小房子让他觉得千篇一律，一片灰暗，他甚至问自己是不是有了严重的认知障碍。或许我就是无法辨认房屋，就像有人分不清他人的面孔。有个地方在建新房子，两层的小楼，完全是木制的。他喜欢看这幢房子，没有外墙之前能看到房屋内部，下面三间屋子，上面三间屋子。

他真正喜欢的是饮料自动售货机，最近很多街道都有了这种售卖机。在灰蒙蒙的暮色与子夜中，这种饮料自动售货机发出友好的蓝色和红色灯光。他从未在此买过任何饮料，但它们那漂亮的中立性令人放松，相反那些本该成为安静的小岛的小寺庙，在住宅间（大概）隐藏着上千座这类小庙，却每每让他感到激动。尽管如此，他还是每经过一座这样的庙都要进去，就像不能错过一座似的。起初他去庙外小花园走几步就出来。如果有参观者——这很少见——很容易就跟着走入庙内，看一眼佛龛。倘若和尚在（像有一次那样），他就马上夺路而逃。有时他也能安静地坐在庙外花园，观赏那里的植物、喷泉和石质菩萨像。有一座庙紧挨着一座幼儿园，通过一扇窗户看到一条走廊，里面一根绳上挂着晾晒的围兜。这是他最喜欢的庙。最后一座庙里，他也许进去了，也许没进去，离门口不远的一条长椅上坐着两位老女人，她们在分拣丝巾，他想马上离开，但其中一位女人追了过来，他还没反应过来，她已经送给他一条红白相间的丝巾，“给你最爱的人”。

“我能在这儿住多久？”在食堂一块吃饭时，正彦问约翰。

“只要我们并不真正需要它，你都可以一直住。”

“谢谢。”正彦说。回到住处后，他躺到榻榻米上。

第二天，他乘火车去广岛他妹妹那儿。

他仔细端详了她家的佛龛，在那儿除了家庭成员的照片和各种各样的新式媚俗小摆设外，他还发现了几件令他想起父母和祖父母的纪念品，但是没有观音牌位。他问妹妹——她叫宫野，可她想不起有这样的牌位。他们谈起了她的孩子。她做饭时，正彦在剩下的三间屋子中找了一遍，也没找到。

“你是不是把它放到阁楼上了？”他问妹妹。他激动得直发抖。

“你怎么了？”她问。

他们互相凝视。（她看我的眼神就像一个并不特别喜欢我的人。我呢？我对她有手足之情的感觉吗？我想她很狡猾，一个彻头彻尾的骗子。在她这儿我什么也无法得到。）

他说他不能待到吃晚饭，他回程的火车要开了。

一种侮辱。虽然我们彼此不喜欢，但不该拒绝别人让自己留下用餐的好意。她脸红了。

“你怎么了？”

“请原谅。”他说着走了出去。

（这是一个错误。谁知道我们今生还能不能再相见。）

在火车上，他坐在第三排靠窗位置，感到有些不舒服。他决定从火车站步行回住所。他在全天营业的超市买了寿司，并在街上吃起来。又在一个自动售货机买了点儿喝的，此后觉得好些了。

途中他经过了当初与薇拉跳探戈的舞厅，这地方他前几天就看到了，但总是在白天，所以没能对他产生什么吸引力。可现在若是一个人进去还有些怯场，但另一方面他也不愿把在他妹妹那里感到的怨恨与耻辱带回住所，所以就毅然走进了舞厅。

这儿确实不错。他坐在那里喝着鸡尾酒，观赏他人跳舞。许多搭档都是由两个女人组成的。他选择了与他的年龄最合适的舞伴，尽管他仍旧怯场，还是鼓起勇气，先后邀请了两位女士跳舞。这两位都很好引领，但与他和薇拉以及最后和香气所跳的舞相比，则有天壤之别。他礼貌地道了别就离开了。

因妹妹而引起的痛苦现在得到了缓解，另一种痛苦却趁虚而入。如今忆起的不是观音、洗衣店女子或薇拉的形象，取代强烈渴望的仅仅是一种抽象的思念。为此我现在也比以前更孤独。这么想着，他来到了发出鸟鸣般声音的红绿灯旁。现在它们在夜间发出的声响并不难听，他站在那儿聆听了一会儿：库克——库，库库——库。两个警察走过来，一个戴着口罩。他们看着他，仿佛在质疑他为何站在那里听红绿灯发出的声响。他继续前行。

他又去了一趟观音庙，祈求他妹妹会原谅他。他买了一些许愿签和护身符。其中一个他甚至很喜欢，是上面有猴子图像的一种古老绘马[①]的复制品，那猴子在引领一匹马。接着他再次来到供品柜，祈求理解与和平。怜悯一个正直的人吧，观音。

① 日本神社、寺院里祈愿时用的一种奉纳物，一般用木板制成，呈五角形。

回程的飞机上他盯着西伯利亚看，除了“这是西伯利亚”，别的什么都没想。

“怎么样？”薇拉问。

“辛苦。”正彦边说边把红白相间的丝巾送给了她。

“哦，对了，”薇拉说，“明人结婚了。他们四周后到，我们可以见见那位姑娘。”

明人也已经三十岁了，是个英俊的小伙子，他继承了薇拉和正彦最优秀的地方。他供职于纽约的一家银行，正彦也说不出他怎么去那儿工作的。我得承认，他的教育和其他事一样，我主要托付给薇拉了。儿子，你到底还会说日语吗？但他没有问，而是仅仅坐在他们共同生活过的住宅里微笑地看着他。

第二次来访时，新娘也来了，是他的同事，跟他一样漂亮，穿着一条紧身裙，衬托出她超级苗条的身材。她完全不像第一眼看上去那么僵硬，这天晚上他们笑声不断，三个人忍俊不禁，时常笑弯了腰，只有正彦仅仅微笑而已，他根本不知道那三个人为什么如此兴高采烈，他就是无法倾听他们的谈话。每次他试图用心去听的时候，他的注意力只能持续到听三到四句话，然后他就再次回归自己的内心了，那里一张樱桃木小桌上立着祈祷用品，桌子旁边是从未用过的两灶眼加热器，有一次他甚至听见了红绿灯发出的声响。他们告别时他吓了一跳，他甚至忘了她的名字，后来又想起来了，圣子。但他没有这么称呼她，而是吻了吻她的面庞说姑娘，这相当于女儿，这种叫法让其他三个人都很高兴。

“世界是不是就是一个村子？”薇拉睡觉时笑着说。

“嗯。”佐藤正彦闭着眼睛说。

从日本回来后的头四周，他做到了一次都没去洗衣店，可他也根本没去散步。他宅在自己的房间里，看各种各样的报刊和书籍。这回他往本子里写了可以算是一个故事的开头。一个男人，独自住在一个小屋子里，他想不起来是怎么到了这里的，他聆听着两只鸟的啼鸣，想象着这是两只被关在笼子里的鸟，它们彼此无法相见，但能听到对方的叫声。因为它们是鸟，所以没有时间概念，亦无对彼此呼唤之前的那段生活的回忆，自从一只鸟停止呼唤之后，另一只也不叫了，不久就忘记了，什么时候还有过另一只鸟，又堕入永恒，就像聆听它们鸣叫的那位男子。一个很短的故事，但也长不了了。这给了他些许满足：就是这样，也算圆满。然而他对自己所写的句子并不满意，因为他厌恶在本子里涂涂抹抹（进行更正），而且本子里还有他第一次见到今后所绘的（其实并不很糟的）的画像，他把本子暂时又合上了。

在明人和他的新娘来访后，现在他确信他会重新开始散步，也会重新路过洗衣店，不是明天，就是后天，以后会怎么样，走着瞧吧。他躺在床上想起了供品柜，巨大的供品柜的内部能并排躺下四个男人。他想象着柜子内部，但只能看到一片黑暗。我还没有失败，可我也没找到解决办法。

要是他那天晚上与明人和他的新娘在一起时注意听他们的谈话会怎样？就连他们的交谈混杂着德语、英语和日语，那美国新娘跟明人一样娴熟地运用这三种语言，他也是事后才发现的，确切地说是在两天后他们再次相见时。他们约在常光顾的那家餐馆，当正彦在进门时险些与一个年轻姑娘撞了个满怀时，他起初都没认出她。也许是因为她的打扮不一样，也许是因为她的眼神不同，此外他以前也只见过她一次。一分钟后，当他被介绍给她母亲时，他才把一切对上了号。那是那位洗衣店女子，之前那位年轻姑娘是她的小女儿，他在洗衣店遇到过她。她的大女儿不是别人，正是圣子，她在这儿实际上是作为明人的邻居长大的，但他们却是几个月前在纽约才认识的。大家又开怀大笑，只有佐藤正彦笑不出来。洗衣店女子发髻上戴着一支珍珠簪子，他没听清她叫什么名字，还有她小女儿的名字。后来他们坐在一起后，他才从其他人的交谈中听明白，小女儿叫好子，那女子叫今。

叫什么？

今。

（这我受不了。其他人不断发笑。可他当然得忍着。）他坐在薇拉替他选定的位置上，挨着新娘的母亲，这确实是最好的方案。如果挨着坐，就不能彼此凝视。他也不往她那个方向看，而是往前看，对面坐着小女儿，他无助地冲她微笑，她也回报以微笑。当天被那次与薇拉跳探戈时所闻到的香气缭绕时，他小心地看了看周围，看看香气是否来自装饰用的花朵。但四周只有兰花，看来一切都是真实的，佐藤正彦想。现在该如何继续呢？

“您很长时间都不在。”他身边的女子说。她确实叫今，她为什么不能叫这个名字呢，如果是巫术，那就彻头彻尾吧。“您很长时间都不在。”今轻声说，轻得只有他能听见。

回答的时候也可以不看对方，但佐藤正彦知道，他现在必须看着对方，因为余生他也许没勇气尝试第二次。他转过身，看着她的脸，她对他的回望让他知道了，没有出路了。我不是没有记忆的鸟，我是个男人，我会爱这个女子，直到生命的尽头。

他喉咙发干，几乎发不出声音。

“我在名古屋。”

“在名古屋？”

“是的。”

她微笑起来，他也微笑着。

饮料也许刚刚被送上来。跟我去那儿，佐藤正彦想。我们在这儿无法共同生活，但在那儿可以。

饮料确实送上来了。今冲女服务员微笑，将玻璃杯举向唇边。正彦端详着她：她的轮廓，她的耳朵，耳朵上戴着珍珠耳环。看起来今似乎在对着玻璃杯微笑。跟我一起去那里，佐藤正彦一边想一边也端起了他的饮料。然后他也微笑起来，因为他想，他现在不能对她说出这个愿望挺好，或者他应该像她刚才那样，轻声嘟囔，只让她一个人听见，但他不会这么做。现在还不，我现在不问，就不会有所答非所问。让我们就这么坐在这里，前所未有地紧挨着，你的肩膀几乎碰到我的肩膀。让我们目前先满足于这种小确幸。

译后记

自幼喜欢文学的我，近年来却鲜有机会翻译德语文学作品。这主要是因为德语文学在中国的接受状况远远赶不上俄法、英美，甚至是拉美文学，可以说尚未形成固定的读者群。

我曾有幸参与了译文出版社 2007 年推出的《红桃 J　德语新小说选》的翻译工作，后来在豆瓣读者留言中读到以下评论：“是这样的，我觉得这本书非常适合且只适合以下特定人群阅读：因为专业需要不得不研究德语文学中的新小说作家及其创作的专业分析者。”此后我的心冰凉冰凉的，就像媒婆牵线搭桥后看新人过得不好那般自责。我翻译德语文学作品本不是为了专业研究者，他们中的好些人都可以去读原著，我的读者对象正是不会德语的普通文学发烧友。反躬自问，我喜欢哪些德语文学作品呢？答案：德语中短篇作品。此后我就决心为读者奉献这方面的佳作，让读者有机会接触有可读性的德语文学作品。2017 年有幸为湖南文艺出版社的“大鱼文库”翻译了《背对世界》（作者：埃尔克·海登莱希）一书，受到许多普通读者的喜爱，这次再接再厉介绍一位德语新锐作家特雷西娅·莫拉（Terézia Mora）。

特雷西娅·莫拉于 1971 年出生在匈牙利肖普朗的一个德裔家庭中，1990 年赴德国柏林学习匈牙利学与戏剧学，现为旅居柏林的作家、编剧和翻译。其德语作品在德国曾获多种奖项，2018 年更是摘得德国文学最高奖——毕希纳奖桂冠。

其短篇小说集《外星人之恋》（Die Liebe unter Aliens）于 2016 年由德国慕尼黑 Luchterhand 文学出版社推出。但这里的外星人并非指来自外星之人，而是指那些独行客与梦想家。这本集子中描述的均为边缘小人物的生活：光天化日之下被人抢劫的跑马拉松的；一对年轻瘾君子的短暂恋情；离婚后每两周能见一次儿子的父亲；不在孩子身边的单亲妈妈；同父异母的姐弟情；喜欢开家庭客栈的非成功律师；打黑工的波兰保洁阿姨；有女同倾向的客座研究员；酗酒与考公务员失败的前动物饲养员；退休后陷入婚外恋的日本客座教授。纵观全书，揭示的是高科技时代人们爱的能力的退化。滚滚红尘中的男男女女为了寻找爱而走到一起，但奇怪的是他们仍旧无法突破彼此的陌生感。而来自不同国家，拥有不同文化背景的人，或许都能从这些始终没有放弃希望的非成功人士身上看到自己的影子……在科技进步日新月异的今天，互联网过渡到物联网，4G 升级成 5G ，通讯设备越来越先进，万水千山已不再是障碍， 但交流效果却大不如从前，“我站在你面前，你不知道我爱你。我看着你，你看着手机。”在人们内心日趋孤独的今天，文学或许仍旧是抚慰心灵的最佳选择！愿您读此书的过程成为一种享受！

衷心感谢在翻译过程中给过我各种帮助的诸君：“一文未名”译者圈的同仁，陈晓玮，强朝晖，江岩生，荣裕民，史宝良，史玉玲，宋晓梅，沈陆萍，季津竹，樊克（Frank Meinshausen），Dr. Wolfgang Walter，Dr. Siegfried Taschner 和 Klaus Siblewski 等各位女士与先生们。

此外还要感谢歌德学院（中国）为此书提供了翻译赞助，以及湖南文艺出版社责任编辑夏必玄女士的大力支持与耐心！

丁　娜

2019年6月20日